岩 波 文 庫

32-732-1

娘たちの空返事

他 一 篇

モラティン作
佐竹謙一訳

岩 波 書 店

Leandro Fernández de Moratín

EL SÍ DE LAS NIÑAS

1805

LA COMEDIA NUEVA

1792

目　次

娘たちの空返事

はしがき①

『娘たちの空返事』は一八〇六年一月二四日、クルス劇場にて上演されました。自作の中でどの作品が最も評価が高いのか迷いますが、この出し物こそわが国民から大喝采を博した作品であると断言しましょう。初めての上演でしたが、恒例により四旬節に入ってからどこの劇場も閉鎖されるまで、二十六日間連日舞台にかけられたのです。マドリードの人々がこの芝居に興じているかたわら、地方においても②地元の役者たちによって演じられていました。サラゴーサでは知識人や啓蒙主義者のような教養人のグループが、早くから事前に作品を個人的に鑑賞していたようで、作品の素晴らしい出来映えから、観劇を許された人士たちのあいだで称讃の的となったそうです。その間にも版を重ね、一八〇六年だけでもマドリードでは四つの版が出回ることになりました。芝居を観て感激し、それを読んでみたいという人々に共通する好奇心を満足させるためでした。

しかしながら、そのことが他人の名声を喜ばない人々、他人のすることなすことにけちをつけることで生計を立てている人々、劇芸術のことを何もわからずに作劇している人々、おのれの利益にはほくそ笑むくせに社会的に不都合な悪癖や過ちが舞台上で明らかにされるのを嫌う人々を、大いに怒らせたにちがいありません。そうは言うものの、観客の支持は新聞や雑誌の三文記者たちの批判の意気込みを押さえ込んでしまうほどでした。当作品を非難する印刷物は皆無だったのです。数多くの評釈、忘備録、報告、反論は、作品に対する答弁や正当性の主張と同じように、すべて手書きで行われたからです[3]。こうした中途半端なガス抜きゆえに、作者の敵にあたる人たちの反感や、啓蒙主義という名のつくものに対して抵抗し、無知という闇を永続させようと躍起《やっき》になる人たちの敵意を満足させるには充分ではありませんでした。彼らは一番便利で手っとり早く有効な手段に訴え、八方手を尽くしたにもかかわらず、思うような結果は得られなかったのです。この作品の黒白をつけようと、異端審問所には何件もの告訴状が届いたほどです。審理官たちは告訴状を精査し、非難に値する台詞の部分について彼らの言い分に注目したのですが、実際にはカトリックの教義やキリスト教道徳に反しているというような部分はまったくなく、落ち度を見いだすのは困難でした。

有益な学問や芸術を扶助する立場にある一人の大臣が、熱烈な反対派の意見を代弁していたことや、厳罰に処するにふさわしい犯罪者の破滅と『娘たちの空返事』の作者の破滅を同列に扱い公言していたこともありました。こうした行動は、わが国においてしばしば迅速な啓蒙活動の足枷《あしかせ》となってきたのです。また、役に立つ真理の探究や文学と芸術の繁栄と助長のために能力を発揮し労をとってきた人々は、このような強力な反対勢力に対して危惧の念を抱かざるをえませんでした。ところが、恐れていた嵐も平和公④を前にして消散し、無知な人々や邪悪な偽善者たちの怒りにも平和公への敬意から抑止力が働いたのです。そのため彼らは言動を慎み、復讐の機が熟するのを待つことにしたのです。

『娘たちの空返事』の上演については、役者たちの懸命な努力のおかげで評判はよく、特にドニャ・イレーネ、ドニャ・フランシスカ、ドン・ディエゴの役柄は、巧みに演じられた他の役柄にもまして、秀逸を極めたといえば充分でしょう。ドニャ・イレーネ役ではマリア・リベーラが持ち前の独特なさりげなさと人を笑わせる才能によって際立っていましたし、ホセファ・ビルグはドニャ・フランシスカ役でその演技力を競い合い、アンドレス・プリエトは当時マドリードの劇場では新顔でしたが、知的な役者という評価を得、今日でもそのように認められています⑤。

登場人物

ドン・ディエゴ*
ドン・カルロス
ドニャ・イレーネ*
ドニャ・フランシスカ
リタ
シモン
カラモーチャ

＊「ドン」(男性)、「ドニャ」(女性)は、基本的には上流階級の人たちの名前に冠する敬称である。日本語の「殿」「様」「さん」にあたる。

舞台はアルカラ・デ・エナーレス⑥にある一軒の宿。

場面はこの宿の広間。四つの客室の扉が見える。それぞれの扉には番号がついている。舞台中央にある扉はひときわ大きく、背後には宿の階下へと通じる階段⑦がある。舞台の一方には出窓があり、中央にはテーブル、長椅子、何脚かの椅子が置かれている。

物語は夕方の七時に始まり、翌朝の五時に終わる。⑧

第一幕

第一場

ドン・ディエゴ、シモン

ドン・ディエゴが自室から現れる。椅子に腰かけていたシモンが立ち上がる。

ドン・ディエゴ　まだ来ないのかね？

シモン　ええ、まだでして、旦那。

ドン・ディエゴ　久方ぶりにゆっくり会っているんだろう。

シモン　なにしろお嬢さんの伯母さんは、目の中に入れても痛くないほどのかわいがりようで、お嬢さんがグアダラハーラ⑨へ行って以来、久しぶりの対面ですからね……

ドン・ディエゴ　会うなというつもりはないんだが、三十分も顔を見合わせて喜びの涙を少しばかり流せば事足りると思うんだがな。

シモン　旦那にしたところで、まるまる二日も宿から出ないっていうのは、妙ちきりんなことじゃないですか。本を読むのも寝るのもうんざりでしょうし……何はさておき薄汚れた部屋、どれもがたの来た椅子、《放蕩息子》の版画が数枚、あちこちから聞こえてくる鈴の音、馬方たちや田舎者の粗野な会話なんぞ、どれをとってみても心が安まるどころか……

ドン・ディエゴ　いや、そのほうが好都合なんだよ。この土地じゃ顔見知りばかりだし、誰とも顔を合わせたくなくてね。

シモン　手前は旦那がそこまでして身を隠さなきゃならない理由がさっぱりわかりませんや。要はドニャ・イレーネのお供をしてグアダラハーラへ足を運び、お嬢さんを修道院から出して、母子ともどもマドリードへ戻るだけのことじゃありませんか！

ドン・ディエゴ　とんでもない。おまえにはわからないような理由があるんだ。

シモン　と言いますと。

ドン・ディエゴ　いや、ちょっとね……いずれ近々おまえにもわかると思うが、まあ時間の問題だよ。……いいかい、シモン、後生だから他言しないでくれ……おまえは善良な男だし、長年わしに仕え、誠意を示してくれた……実は知ってのとおり、修道院から連れ出したあの娘といっしょにこれからマドリードへ帰ろうってわけさ。

シモン　わかってますとも。

ドン・ディエゴ　そこでだ……念を押すようだが、このことは内密に願いたいんだ。

シモン　もちろんですとも、旦那。陰口は手前の性に合いませんからね。

ドン・ディエゴ　それを知った上で、腹心を布《し》こうというんだ。本当のことをいうと、これまでドニャ・パキータ[10]という娘には一度も会ったことがなくて、懇意にしているあの子の親を介して彼女のことをしばしば聞かされていただけなんだ。これまであの娘の書いた手紙を何通も読んだし、グアダラハーラであの娘といっしょに暮らしていた修道女の伯母に宛てた手紙も見せてもらったことがあってね。つまり、本人の気質や素行について知りたいと思っていたことは、すべて調査ずみってわけだ。今回はようやく本人に会えたので、ここ数日は注意深く様子を見るようにしてきたが、ざっくばらんに言わせてもらうと、これまでの彼女の評判はわしには過小評価に思えてならんのだ。

シモン　確かにおっしゃるとおりで……なにせ、美人だし、それに……

ドン・ディエゴ　すこぶる美人で茶目っ気があり、とても謙虚ときている……とりわけ、うぶで純粋無垢だ！　まあ、そんじょそこらでお目にかかれないような娘さ……それに頭がいい……あれは才女にちがいない……そこでだ、話を長引かせないためにも、わしの考えをおまえに伝えておこうと思ってな……

シモン　その必要はありませんよ。

ドン・ディエゴ　必要ないと？　どういうことだね？

シモン　おおよその見当はつきますって。旦那の考えとしちゃ上乗ですよ。

ドン・ディエゴ　何だって？

シモン　結構なお話ですよ。

ドン・ディエゴ　それじゃ、すぐに察しがついたってことかい？

シモン　何をおっしゃいます、当たり前じゃありませんか！　……そりゃ旦那にとっちゃ良縁ですから、なかなかのねぇ。

ドン・ディエゴ　そうだとも……わしもよく考えてみたんだが、これは確かに的を射た縁談じゃないかとね。

シモン　おっしゃるとおり。

ドン・ディエゴ　だがな、事が成就するまでは決して人には知られたくないんだよ。

シモン　賢明なご判断かと。

ドン・ディエゴ　世の中には偏った見方をする輩《やから》もいるからな。陰口をたたく者や、愚行だと言い触らす者もいるだろう。それにだ……

シモン　愚行ですって？　結構じゃないですか！　……相手が若い娘さんだからですかね？

ドン・ディエゴ　おまえも知っているだろうが、あの子の家は貧しい……そうなんだよ……だが、わしはこれまで金《かね》など求めちゃいなかった、金なら持っている。わしが求めるものは、女性の慎み、献身、美徳なんだ。

シモン　それは肝心要《かなめ》なことです……それと旦那の財産はいったい誰の手に渡るんでしょうかね？

ドン・ディエゴ　理にかなったことを言うじゃないか……家をきちんと守り、家計を預かり、一切を切り盛りする、やりくり上手で働き者とは、どういう女の子かわかるかね？　……日がな一日、あれは性悪な女だ、もう一人のほうはさらに質《たち》が悪いなどと言って、気まぐれで出しゃばりでおしゃべりで、大変なヒステリー、おまけに老け込んでいて悪魔のような醜女《しこめ》、そんな女中たちと口論するなんて、もうこりごりだよ……これからは新しい生活が始まる。誠意と愛情でわしを支えてくれるだろう。そうなりゃ聖者と聖女みたいに暮らせるだろう……まあ、言いたいやつには陰口でもたたかせておけばいいさ……

シモン　当人同士がよけりゃ、とやかく言われる筋合いはありませんや！

ドン・ディエゴ　世間の人たちが言いたいことは先刻承知だ。要するに……この縁組みは不釣り合いだってこと。なにしろ年齢が離れすぎているし……

シモン　何をおっしゃいます、手前にはそれほど離れているとは思えませんがね。せいぜい七つか八つでしょう……

ドン・ディエゴ　何を言うんだい、七つか八つだと？　あの娘は数か月前に十六歳になったばかりだぞ。

シモン　それが何か？

ドン・ディエゴ　わしはお陰さまで身体は頑丈だが、五十九歳という年齢は誰が見てもごまかしようがないからな。

シモン　ちょっと話がずれてやしませんかね？

ドン・ディエゴ　ずれていると？

シモン　つまりですよ……ひょっとして旦那の説明が充分じゃないか、それとも手前が誤解しているか、って話ですよ……一体ドニャ・パキータはどなたと結婚なさるんですか？

ドン・ディエゴ　なんだと、知らなかったのかね？　相手はこのわしだよ。

シモン　旦那とですかい？

ドン・ディエゴ　そうだ。

シモン　こりゃ驚いた！

ドン・ディエゴ　なんだい、何が言いたいんだ？　……

シモン　手前の予測は正しいと思ってたんですが！

ドン・ディエゴ　ならば、おまえの考えを聞かせてもらおうじゃないか！　わしがあの娘を誰かほかの者に嫁がせようとしてたってことかね？

シモン　ええ、旦那の甥御さんにあたるドン・カルロスにですよ。あの方は若くて頭がよく、学もあります。また立派な軍人でもあり、誰に対しても親切です……ですから、てっきりその方がお相手だとばかり思ってました。

ドン・ディエゴ　いや、そうじゃないんだ。

シモン　まあ、それもよろしいじゃありませんか。

ドン・ディエゴ　なんてことを考えるんだ！　あの娘をあいつの嫁にするなどとは！……断じて許さんからな。あいつには数学の勉強があるっていうのに。[11]

シモン　数学の勉強を終えて、今はそれを教える立場にあるんですよ。

ドン・ディエゴ　あいつには勇敢な人間になってもらいたいんだよ、それにだ……

シモン　勇敢にねぇ！　まさか旦那は、この前の戦争で自発的に自分のあとに従った数少ない部下を引き連れて、敵の二か所の砲台を強襲し、砲門に鉄くずを投げ入れ使えないようにしたうえ、数名の敵兵を捕虜にし、全身に傷を負い血を流しながら陣営に戻ってきた将校殿に、さらに勇敢になれとでもおっしゃるんですかい？　……あのときは甥御さんの勇気に満悦至極だったじゃありませんか。またそのことで陛下から将校の位とアルカンタラ十字章を賜ったときには、感涙にむせんでおられましたよね。

ドン・ディエゴ　確かにそのとおりだ。だが、今はそういうことを言っているのではなく、結婚するのはこのわしだと言ってるんだよ。

シモン　もしお嬢さまが旦那を好いているという確証がおありなら、それに年の差なんて気にしないというお嬢さまの意思で決めたことだとしたら……

ドン・ディエゴ　そうに決まっているだろう！　……第一、わしを騙して何になると言うんだね？　おまえも知ってのとおり、グアダラハーラの修道院にいるあの子の伯母は道理をわきまえた人だし、わしはまだ会ったことはないが、アルカラの伯母だってとても素晴らしい人なんだ。ドニャ・イレーネにしたところで娘の幸せを望んでいるはずだよ。つまり、何もかもがわしの期待どおりってことさ……マドリードであの娘に仕えていた下女がいて、修道院ではもう四年以上もつき添ってるんだが、あれなんかは称讃を惜しまないね。とりわけ、修道院の中で見かける数少ない男たちの誰に対しても、これまで一切胸をときめかせたことがないそうだ。刺繍をしたり裁縫をしたり、信仰にまつわる本を読んだり、ミサを聞いたり、菜園で蝶を追いかけ走りまわったり、蟻の穴に水をかけたりするのが、あの娘の日課であり楽しみでもあるらしい……何だね？⑿

シモン　いいえ、別に。

ドン・ディエゴ　あの娘が品行方正だってことは保証されたが、これから直接親友の誼《よしみ》を結べるよう、信頼に応えられるよう、そしてざっくばらんに心を開いてもらえるよう、そういうチャンスがあれば見逃さないつもりだ……まだ時間は充分にある……問題はあのドニャ・イレーネが何かと邪魔立てすることだ……のべつしゃべりまくる人だからな……でも、実にいい人なんだよ、本当に……

シモン　手前だってそりゃ旦那のお望みどおり万事うまくいけばと思ってますよ。

ドン・ディエゴ　まったくだよ。万事がうまくいくことを祈るばかりさ。もっとも彼女の婚約者がおまえには気に入らないようだが……それにしても間が悪いことに、よくも甥っ子なんぞを薦めてくれたもんだよ！　わしがどれだけやつに憤慨しているか知らないくせに！

シモン　何があったって言うんです？

ドン・ディエゴ　まあ、いつもの悪さだよ……わしもついこのあいだまで知らなかったのだが、あれは昨年の出来事、おまえも知っていると思うが、あいつは二か月もマドリードにいた……おかげで滞在中は予想外に散財しちまってね……とは言うものの、わしの甥っ子だ、しっかり支払ってやったさ。だがな、問題はここからだ。あれがサラゴーサの連隊に戻るという段になったとき、おまえも覚えているとは思うが、マドリードを出発して数日もしないうちに、わしは甥がサラゴーサに到着したという報せを受けとった。

シモン　ええ、そうでした。
ドン・ディエゴ　その後も気が向いたときには必ずサラゴーサの消印でわしに手紙を書いてよこした。
シモン　そのとおりで。
ドン・ディエゴ　だが、手紙を書いてくれたのはいいが、あのろくでなしときたらサラゴーサには行っちゃいなかったんだ。
シモン　どういうことです？
ドン・ディエゴ　そこなんだよ、七月三日にわしの家を出たにもかかわらず、九月の終わりになっても目的の兵舎には着いちゃいなかったんだ……駅馬を使って急いだ割には、ずいぶんと早く着いたもんじゃないか！
シモン　おそらく途中で病気にかかり、旦那に心配をかけまいと……
ドン・ディエゴ　とんでもない。女にのぼせ上がり、女遊びに羽目をはずしたからさ……あの辺の町なら充分にありうることだ……何ともいえないが、黒い瞳の女にでも出くわそうものなら、男はいちころだからな……名誉を蔑《ないがし》ろにして結婚にありつこうなどという、あの手のあばずれ女に甥が騙されるなんてことがあれば、わしは断じて赦さんからな！

シモン　いや、心配には及びませんて！　……色恋をもてあそぶ性悪女に引っかかるとすれば、あの方を煙《けむ》に巻くほどの大した切り札を持ってるにちがいありませんや。

ドン・ディエゴ　おや、どうやら皆さんのお出ましらしい……そうだ、馭者《ぎょしゃ》を探してきてくれ、明日の出発の時刻を確認しておきたいのでな。

シモン　承知しました。

ドン・ディエゴ　くれぐれも言っておくが、今回の件は表沙汰になっちゃ困るからな。わかったかい？

シモン　誰にもしゃべりませんからご心配なく。

シモンは舞台奥の扉から退場。同じ場所からスカーフ《マンティーリャ》と外出用スカート《バスキーニャ》を身につけた三人の女性が登場。リタは物を包んだハンカチをテーブルに置き、皆のスカーフを受けとって折りたたむ。

第二場

ドニャ・イレーネ、ドニャ・フランシスカ、リタ、ドン・ディエゴ

ドニャ・フランシスカ　ようやく到着しましたわ。

ドニャ・イレーネ　それにしてもあの階段ときたら！

ドン・ディエゴ　これはこれはお帰りなさい。

ドニャ・イレーネ　どうやらあなたは外にお出にならなかったようですわね！

ドニャ・イレーネとドン・ディエゴは腰をおろす。

ドン・ディエゴ　ええ。でも、もう少しあとでその辺を散歩してみようかと……しばらく読書をしていたものですから。一眠りしようとしたのですが、この宿じゃ寝つけやしません。

ドニャ・フランシスカ　本当ですわ……それにあの蚊ときたら！　異常発生ってところかしら。昨夜なんて宿泊するどころじゃありませんでしたからね……それよりもこれ

をご覧になってください。（ハンカチの結び目をほどき、以下の会話が示すとおり、品物をいくつかとり出して見せる）ほら、いろいろいただいてきた品物です。真珠のロザリオ、糸杉の十字架、聖ベネディクトの宗規集、水晶の小型聖水盤……どう、すてきでしょう。それにこっちは滑石《かっせき》のハート型のお守りが二つ……何だかわかりませんが、いろいろと入っています！　……そうそう、これは雷よけのありがたい素焼きの鈴……たくさんありますわ。

ドニャ・イレーネ　修道女たちがくださった駄物《だもの》ばかりですのよ。あの人たちは娘のことが大好きでしてね。

ドニャ・フランシスカ　それはそれはたいそうかわいがってくださいました！　かわいそうに、伯母さまなんて涙を流しておられました……もうずいぶんお年を召されていますからね。

ドニャ・イレーネ　あなたにお目にかかれなくて残念がってましたわ、ドン・ディエゴ。

ドニャ・フランシスカ　そうですよ。どうしてお見えにならなかったのかって何度か尋ねてましたもの。

ドニャ・イレーネ　主任司祭とベルデス寄宿学校⑬の校長が門⑭のところまで私たちをお見

送りくださいましたのよ。

ドニャ・フランシスカ　これお願いね。（ふたたびハンカチを結び、リタに手渡す。リタはそれを受けとり、スカーフといっしょにドニャ・イレーネの部屋へ持ち去る）向こうにある蓋つきの籠の中にしまっといてちょうだい。いいこと、こうして四隅を持つのよ……あら、まあ大変！　どうしよう、聖女ヘルトゥルーディスを象《かたど》った砂糖菓子が壊れてしまったわ。

リタ　ご心配なく、あたしがいただきますので。

第三場

ドニャ・イレーネ、ドニャ・フランシスカ、ドン・ディエゴ

ドニャ・フランシスカ　お母さま、中に入りましょうか、それともまだこちらに？

ドニャ・イレーネ　今は少し休みたいの。

ドン・ディエゴ　今日はもう大変な暑さになりましたね。

ドニャ・イレーネ　でも、あの面会室は涼しくて、まるで天国のようでした。……（ドニ

ャ・フランシスカは母親のそばに腰をおろす）[15]私の姉は生まれつきずいぶん身体が弱く、今年の冬はかなり苦しみました……それにしてもあの善良な姉は自分の姪をどうもてなせばよいのかわからないといった様子でしたけど。今回の結婚話にとても満足してくれましてね。

ドン・ディエゴ　わしとしては、あなたが恩義を感じておられるあのご婦人方に賛同していただき、うれしい限りです。

ドニャ・イレーネ　そうですわ、トリニダーはとても喜んでいましたし、シルクンシシオンに至ってはご覧になったとおりです。[16]シルクンシシオンにとって、この子が巣立っていくのはとても辛かったようですが、それが娘の幸せにつながるのであればと思って、何事にも堪えなきゃいけないってことがわかったみたいですの……あの人の情感のこもった表情、まだ覚えておられますわよね、それに……

ドン・ディエゴ　ごもっともです。今、必要なのは娘さんを愛してくださる方々が皆一様に抱いている喜びを、当の本人にも味わってもらうことです。

ドニャ・イレーネ　この子は従順でして、決して母親が決めたことに逆らうようなまねはいたしませんの。

ドン・ディエゴ　それはそうでしょうけど……

ドニャ・イレーネ　この子は由緒ある家柄の出でして、しっかりとした考えを持っています。それに持ち前の名誉を穢《けが》すようなまねはいたしません。

ドン・ディエゴ　それはわかっています。ただ、娘さんはご自分の血統を台無しにすることなく反旗を翻《ひるがえ》す、というようなことはないでしょうかね？

ドニャ・フランシスカ　お母さま、席を外してもいいかしら？（立ち上がるが、ふたたび腰をおろす）

ドニャ・イレーネ　そんなことあるはずがありませんわ。しっかりと教育を受け、立派な両親を持つ娘なら、いかなるときも適確でその場にふさわしい振る舞いをするものです。そこにいる娘は彼女の亡き祖母ドニャ・ヘロニマ・デ・ペラルタに生き写しです……家に肖像画がありますが、すでにご覧になられたかも。私の母の話によれば、ミチョアカン(17)の選定司教セラピオン・デ・サン・フアン・クリソストモ師、つまり母の血のつながった伯父に送るために描かせたのだそうです。

ドン・ディエゴ　なるほど。

ドニャ・イレーネ　あの立派な司教さまは海でお亡くなりになったのですが、それはそれは私たち一家にとって大きな悲しみでした……今日に至ってもまだあの方の死を悼むほどですからね。中でもサモーラの終身市議会議員を務めている私のいとこドン・ククファーテ⑱なんて、司教さまのことを耳に挟んだだけで涙をこぼしてしまうんです。

ドニャ・フランシスカ　なんなの、このハエの多さときたら……

ドニャ・イレーネ　なにしろ、あの方は聖人の匂いをぷんぷんさせながら、お亡くなりになりましたもの⑲。

ドン・ディエゴ　そりゃ結構なことです。

ドニャ・イレーネ　ええ、旦那さま。ですが、一家はすっかり没落してしまいましてねぇ……先立つものがなければどうしようもありませんよ！　……でも、万が一の可能性に備えて、あの方の伝記を執筆中とのことです。神さまの思し召しによって、明日にも出版の運びにならないともかぎりませんからね！

ドン・ディエゴ　なるほど、ごもっともなことで。今は何でもかんでも出版されますからな⑳。

ドニャ・イレーネ　確かなことは執筆者、つまり私の義兄の甥でカストロヘリスの司教座聖堂参事会員なのですが、今回の伝記にかかりっきりでしてね。今の時点でもうすでに二つ折り《フォリオ》の版で㉑九冊分も書き上げています。それも聖なる司教さまの九歳の終わりまでしか扱われていないと聞いています。

ドン・ディエゴ　といいますと、一年に一冊のペースですな。

ドニャ・イレーネ　おっしゃるとおり、そのような計画のようです。

ドン・ディエゴ　その高徳の司教は何歳でお亡くなりになられたんですかね？

ドニャ・イレーネ　八十二歳と三か月十四日でした。

ドニャ・フランシスカ　お母さま、もう失礼してもよろしいかしら？

ドニャ・イレーネ　ええ、かまわないわよ。それにしても、せわしないったらありゃしない。

ドニャ・フランシスカ　ドン・ディエゴさま、あなたには丁重にフランス式のご挨拶をさせていただきますわ。

ドン・ディエゴ　そう願いたいもんですな。どれどれ拝見するとしましょう。

ドニャ・フランシスカ　こういう風にね。（立ち上がり、ドン・ディエゴに上品な挨拶をしたあと、ドニャ・イレーネに口づけし、母親の部屋に入る）

ドン・ディエゴ　愛嬌のある娘さんですな！　素晴らしいですよ、ドニャ・パキータ！

ドニャ・フランシスカ　旦那さまにはお辞儀を、お母さまには口づけを。

第四場

ドニャ・イレーネ、ドン・ディエゴ

ドニャ・イレーネ　娘はとても愛嬌があって、茶目っ気たっぷりにおどけてみせるのが大好きでして。

ドン・ディエゴ　人を虜《とりこ》にする魅力をお持ちのようですな。

ドニャ・イレーネ　どうお思いになります？　世渡りも世間の騙し合いも知らずに育ち、今こうしてふたたび母親のそばに戻れたという喜びに浸っていますが、それにもまして間近に迫った結婚のことを思い悦に入《い》っています。ですから、この子の言葉や仕草にしゃれっ気があっても不思議じゃありませんの。とりわけ、あの子をひいきにし、かわいがってくださるあなたには、なおさらのことでしょう。

ドン・ディエゴ　わしとしては今度の結婚について自由に思いの丈《たけ》を打ち明けてもらい

たいものですな……

ドニャ・イレーネ　私がご説明したとおりのことをお聞きになると思いますがね。

ドン・ディエゴ　ええ、そうでしょうとも。しかしねぇ、わしのどこが気に入ったのか、あのかわいい口から発せられるしゃれっ気たっぷりの言葉を直《じか》に聞いてみるのも、何ともいえない喜びですからな。

ドニャ・イレーネ　それについてはまったく心配ご無用です。ですが、若い娘が無邪気に思いの丈を明かすなんてことは理にかなっているとは思えませんので、その点はご承知ください。よろしいですか、ドン・ディエゴ、神さまのご意志どおりに育ち、羞恥心のある娘が殿方に向かって正面切って堂々と「旦那さまを愛しています」なんて言うのは大いに考えものです。

ドン・ディエゴ　しかしねぇ、たとえば相手が偶然通りで出くわした男で、その男に向かって端《はな》っから愛情のこもった言葉を発したとしたら、それこそお嬢さまの行動はいただけないでしょうが、今にも結婚しようという相手に対してなら、思いを伝えてもよろしいんじゃありませんかね……それに何らかのかたちで表現の方法はあるでしょうから……

ドニャ・イレーネ　あの子は私には包み隠さずに何でも話します。なにしろ、四六時中あなたのお噂ばかりですし、何かとあの子が抱いている特別の感情を露わにしますもの……昨夜もあなたがお休みになったあとで、考え深げに話してましたわ！　できるものならあなたにお聞かせしたかったほどです。

ドン・ディエゴ　わしのことを話していたですって、一体何をです？

ドニャ・イレーネ　あの年頃の娘にとって、経験豊かで分別があり、分をわきまえた年《とし》嵩《かさ》の殿方を夫にするのがいいだなんて、感心な心がけだこと、って。

ドン・ディエゴ　なんと、そんなことを！

ドニャ・イレーネ　いいえ、私があの子に言ったことですが、まるで四十路《よそじ》を数えた女性みたいに私の話に耳を傾けていました、本当に……なにしろ、いいこと尽くめですからね！　それに私から申し上げるのも何ですが、あの子はずいぶんと飲み込みが早くて……それにしても旦那さま、昨今の結婚のあり方をご覧になって、嘆かわしいとはお思いになりませんか？　まだ十五歳の少女を十八歳の青二才と結婚させたり、十七歳の娘を二十二歳の若輩者と結びつけたりするなんて、女の子はまだ子供ですし、分別も経験もありません。男の子だって大人とはいえませんし、まだ思慮も浅く、まるっきり世間知らずです。ですから旦那さま、私が申し上げたいのは、一体誰が家を切り盛りするかってことです！　誰が召使いたちに指図をするとお考えですか？　子供の教育や躾《しつけ》は誰がすると？　と言いますのも、そういう軽率なカップルはみるみるうちに子だくさんな家庭をこしらえ、見るも憐れでなりません。

ドン・ディエゴ　確かに痛ましい光景ですな。子供たちが、躾や教育をするのに必要な才能も経験も美徳も持たない親と生活をともにするのを見るのはね。

ドニャ・イレーネ　私がはっきり言えることは、亡き夫のドン・エピファニオ、ああ天国に召されていますように、あの人と最初の結婚をしたとき、私はまだ十九歳にもなっていなかったってことです。あれほど尊敬に値し、紳士と呼ばれるにふさわしい人はほかにいませんでしたよ……おまけに気さくで話をしていてとても楽しい人でした。それも私と結婚したときは五十六歳、もうすぐ五十七になろうとしてたんですから。

ドン・ディエゴ　結構なお年ですな……まあ、若くはありませんがね……

ドニャ・イレーネ　そこなんですよ……とにかくあの頃は分別や熟慮に欠ける気どった青二才といっしょになるなんて考えはまったくありませんでしたね……夫にしたと

ころで病弱でもなく、健康を害していたわけでもなく、実際のところお陰さまでリンゴのように元気溌剌《はつらつ》でしたからね。それにほかの病気もありませんでした。ただ、てんかんの発作に時折苦しんでいたようですけど。ところが、結婚してからはその発作がより激しく頻繁に起こるようになり、七か月後には私一人を残して身罷《みまか》ったのです。そのとき私は身籠もっていて、のちにその子が生まれたのですが、それも猩紅熱《しょうこうねつ》にかかり死んでしまいました。

ドン・ディエゴ　すると、亡くなられたご主人は一応跡とりを残されたわけですな！

ドニャ・イレーネ　ええ、そうなりますわね！

ドン・ディエゴ　なあに、世間じゃすぐに噂が立ちますからな……でもまあ、気にしないことです……ところで、男の子ですか女の子ですか？

ドニャ・イレーネ　とてもかわいい男の子です。玉のような子でした。

ドン・ディエゴ　そりゃ確かに子供を持つということは慰みですからな……

ドニャ・イレーネ　そうですよ、嫌なこともありましょうが、それがどうしたと言うんですか！　大いに喜ぶべきことじゃありませんか。

ドン・ディエゴ　おっしゃるとおりですよ。

ドニャ・イレーネ　ええ。
ドン・ディエゴ　無上の喜びでしょうな……
ドニャ・イレーネ　もちろんですわ！
ドン・ディエゴ　それに子供たちがじゃれ合い笑うのを見たり、やさしく抱いてあげたり、無邪気で嬉しそうな子供たちと誇らしげに遊んだりすると、夢中になってしまうもんです。
ドニャ・イレーネ　ああ、私の子供たちを思い出しますわ！　これまで三度結婚し、二十二人の子供を産みました。その中であの子だけが生き残ったのです。(22)　これは誓ってもいいですが……

第五場

シモン、ドニャ・イレーネ、ドン・ディエゴ

シモン　（舞台奥の扉から登場）旦那、馭者がお待ちです。
ドン・ディエゴ　すぐに行くと伝えてくれ……そうだ、まずは帽子と杖を持ってきても

らおうか、少し散歩したいのでな。（シモンはドン・ディエゴの部屋に入り、帽子と杖を持ち出し主人に渡す。この場の終わりでは主人とともに舞台奥の扉から退場する）それじゃ明日は多少早めに出かけるってことですね？

ドニャ・イレーネ　問題ありません。ご都合のよい時間で結構です。

ドン・ディエゴ　六時でどうでしょうかね？

ドニャ・イレーネ　よろしいですわ。

ドン・ディエゴ　明朝は背中に陽光を浴びることになりますな㉓……三十分前にはお迎えに来るよう言っておきます。

ドニャ・イレーネ　わかりました。荷物の積み込みに時間がかかりますからね。

第六場

ドニャ・イレーネ、リタ

ドニャ・イレーネ　大変、どうしよう！　今思い出したんだけど……リタ！　……まさか死なせたんじゃ？

リタ　奥さま。（脇に枕やシーツ類を抱えている）

ドニャ・イレーネ　ねぇ、ツグミはどうなったかしら？　餌はやったの？

リタ　ええ、やりましたとも。駄馬顔負けの食べっぷりでしたよ。廊下の窓のところに置いときました。

ドニャ・イレーネ　ベッドは整えといてくれたの？

リタ　奥さまのはね。日が暮れないうちにほかのベッドも整えておきます。そうしないと、なにせランプ以外に明かりがなくて、それをかける鉤《かぎ》すらないんですもの。どうしようもありません。

ドニャ・イレーネ　ところで、あの子は何をしているの？

リタ　ドン・ペリキート(24)の夕食の餌にビスケットを砕いているところですよ。

ドニャ・イレーネ　それにしても手紙を書かなきゃならないなんて、なんて面倒なんだろう！　（立ち上がり自室に入る）でも、書かなきゃね、かわいそうにシルクンシシオンがずいぶん心配してくれてると思うわ。

リタ　わざとらしいにもほどがある！　向こうを二時間前に出たばかりだっていうのに、もう手紙のやりとりとはね。あたしは猫かぶりでお追従を言う女なんて好きにはな

れないわ！（ドニャ・フランシスカの部屋に入る）

第七場

カラモーチャ

カラモーチャ　（旅行鞄《かばん》を二、三荷《か》、長靴、鞭《むち》を抱えて舞台奥の扉から登場。これらをすべてテーブルの上に置き、腰をおろす）三号室ってことだな？　まあ、いいだろう……なるほど、ここが三号室か。これほどたくさんの害虫は、自然史博物館㉕の展示室にだってありゃしねぇ……中に入るのが怖いくらいだ……あっ、痛い！　……ひどい凝りようだな！　こりゃ筋肉痛にちがいねぇや……まあ、落ち着け、憐れなカラモーチャよ、落ち着くんだ……とにかく、もうこれ以上は無理だと馬どもが嘆いてくれたおかげだ。そうでなきゃ、この三号室もファラオの災厄㉖も見ることはなかったからな。……なにはともあれ、これで馬どもが明朝生きて目を覚ませば、驚きってもんだ……あの力尽きてぐったりしたありさまを見りゃな……（奥からリタの歌声が聞こえてくる。カラモーチャは伸びをしながら立ち上がる）おや！　……あれはセギディーリャ㉗じ

ゃないか！　……まああの声だな……なんだか楽しみになってきたぞ……だが、
今は身も心もぼろぼろだ！

第八場

リタ、カラモーチャ

リタ　衣類を盗まれないよう鍵をかけとかないとね……(夢中で鍵をかけながら)この鍵はしっかりしてるわ。
カラモーチャ　なんなら、手をお貸ししましょうか、お嬢さん？
リタ　助かりますわ。
カラモーチャ　なんだい！　……リタじゃないか！
リタ　カラモーチャ！
カラモーチャ　こんなところで出くわすとはな！
リタ　ご主人は？
カラモーチャ　おれたちは今こっちに着いたばかりさ。

リタ　そうなの？

カラモーチャ　いや、冗談だよ。旦那はドニャ・パキータの手紙を受けとるとすぐにどこかへ行っちまったよ。誰と話をしたのか、どのように段取りをつけたのか、さっぱりわからねぇ。断言できることはただ一つ、あの日の午後、二人でサラゴーサを出発したってことだ。そして電光石火の早業のごとく旅路を駆け、今朝グアダラハーラに着いたんだ。そこでさっそく尋ねてみたんだが、当の本人たち㉘は発ったあとだった。それでまた馬に乗ってあちこち駆けまわり、鞭を入れるやら汗をかくやらで……とどのつまりが、やせ馬どもはぐったりと横たわる始末だ。おれたちもくたくたに疲れ、明日の朝出発することにしてこの宿に入ったってわけさ……主人である将校殿は夕食の準備のあいだコレヒオ・マヨール㉙へ友人に会いに出かけちまったよ……まあ、ざっとこんなところだな。

リタ　となると、あの方はこちらに？

カラモーチャ　かつてないほど思いが募り、嫉妬が激しくなり、まるで人を殺《あや》める勢いだった……愛しい恋人に横恋慕でもされようもんなら、それこそ脅しをかけるって意気込んでたな。

リタ　何だって？

カラモーチャ　事実を言ったまでさ。

リタ　でも、まんざらじゃないわ！　……これであの方のお嬢さんに対する恋心がはっきりしたんだから。

カラモーチャ　恋心だと？　……そんな軽いもんじゃないぜ！　……モーロ人のガスールだって旦那にかかりゃ、藁《わら》人形みたいなものさ、メドーロだって用なし同然だよ。ガイフェーロスにいたっては半人前ってところだな(30)。

リタ　お嬢さんに聞かせてあげたいくらいね。

カラモーチャ　それはそうと、なぜこんなところに？　誰といっしょなんだい？　いつ着いたんだ？　それから……

リタ　まあ、聞いてよ。ドニャ・パキータのお母さまが、とある金持ちの立派な殿方とお嬢さまとの結婚式をマドリードで執り行うことを決め、そのことを知らせるのに方々《ほうぼう》に手紙を書き送ったのよ。なんでもその方は評判がよくて、誰が見ても申し分のないお方らしいの。お嬢さまはこのお話で窮地に立たされ、あの信心深い修道女のお説教に常に悩まされ続け、とうとう言われたことは何でも受け入れますと答えざるをえない状況にまで追いやられたってわけよ……別に大げさに言うわけじゃないけど、かわいそうに悲嘆に暮れて、ぼろぼろ涙を流していた。食事は喉をとおらず、夜も眠れやしない……それでも伯母さんに本音を悟られないよう、感情を隠さなきゃならなかったの。でも、当初のショックから落ち着きをとり戻し、何か抜け道もしくは奥の手はないものかと考える余裕ができると、これはあんたのご主人に知らせるのが一番だと思ったのよ。あの方の愛情があたしたちに誇示したように、それが本物でまっとうなものであるからには、かわいそうなお嬢さまが見ず知らずの人の妻になり、これまで何度となく修道院の中庭の土壁を挟んで交わした愛の言葉、涙の雨、ため息が永遠に失われてしまうなんてことは、断じて許すはずがないと思ったからよ。ところが、お嬢さまがあの方にお手紙を書いて何日もたたないうちに、青色の靴下をはいた馭者のガスパレートに操られた馬車が、飾り立てられたラバどもに牽《ひ》かれて到着し、娘を迎えに来た母親と将来の夫が姿を現した。それで、あたしたちは急いで下着類をかき集め、荷物箱《コフレ》を紐で縛り、善良な修道院の皆さんに別れを告げ、何度か鞭を入れながら、一昨日アルカラに着いたってわけよ。今ここにこうしているのは、当地に住んでいるしわくちゃで耳の遠いもう一人の伯母さん、そういえば向こうで別れを告げた伯母さんも耳が遠かったけど、その方にお目にかかるためなの。その伯母さんにはもうすでにお目にかかり、ほかの修道女たちからも一人ひとり口づけしてもらったので、明朝早くにここを出発することになっているの。偶然にもあたしが……

カラモーチャ　ああ、もう言わなくてもいいさ……ところで、その恋人とやらはこの宿にいるのかい？

リタ　そこがあの方のお部屋。（ドン・ディエゴ、ドニャ・イレーネ、ドニャ・フランシスカの部屋をそれぞれ指さす）こっちがお母さまのお部屋で、あっちがあたしたちの部屋。

カラモーチャ　あたしたちの部屋って？　あんたとおれのかい？

リタ　とんでもない。今夜はお嬢さまとあたしが同じ部屋で寝るのよ。だって昨晩は真向かいの部屋に三人も詰め込まれて、立っていることも、ほんのちょっぴり眠ることも、息することもできなかったんだから。

カラモーチャ　そうかい。じゃ、またな。（テーブルに置いた荷物をかき集め、立ち去ろうとする）

リタ　どこへ行こうっていうの？

カラモーチャ　話はよくわかったよ……だけど、その恋人ってのは、心臓に一撃を加えてくるやつを迎え撃ってくれる下男とか友人とか親戚とかを引き連れちゃいねぇだろうな？

リタ　下男が一人ついてるだけよ。

カラモーチャ　だったら、大したことはねぇな……いいかい、これはお情けで言っとくが、危険が身に迫ってるので覚悟しておくよう言っといてくれ。じゃあな。

リタ　すぐに戻ってくるんでしょ？

カラモーチャ　そのつもりだが、なにせ急を要することだからな。おれはへとへとで身動きがままならないけど、将校殿には訪問を早めに切り上げ、自分の守るべきものに気を配り、その野郎の埋葬を手配する必要があるからな……それはそうと、そこが、あ、あたしたちの部屋だな？

リタ　そう、お嬢さまとあたしのね。

カラモーチャ　この性悪女め！

リタ　間抜けったらありゃしない！　じゃあね。

カラモーチャ　じゃあな、このろくでなしめが。（荷物を抱えてドン・カルロスの部屋に入る）

第九場

ドニャ・フランシスカ、リタ

リタ　なんて意地悪なんだろう！　……だけど、驚くじゃないの、ドン・フェリックスがここに来てるだなんて！　……あの方は本当にお嬢さまを愛しておられるんだわ、これでよくわかった……（ドン・カルロスの部屋からカラモーチャ登場。舞台奥の扉から出て行く）世間がなんと言おうと、愛を大切にする誠実な殿方っているものよね。そうなると女はどうすりゃいいの？　……そういう方たちを愛してあげる、そうよ、愛してあげるしかないわね……それにしても、ここでお嬢さまが首っ丈のドン・フェリックスに行き会うとなりゃ、お嬢さまは一体どんな言葉をおかけになるかしら？　かわいそうに！　でも、残念でしょうね……おや、お嬢さまだわ。（ドニャ・フランシスカ登場）

ドニャ・フランシスカ　あら、リタじゃないの！

リタ　どうなさいました？　泣いておられたんですか？

ドニャ・フランシスカ　これが泣かずにいられるかしら？　お母さまにわかってもらえなくて……どうしてもあの方を愛するようにとの一点張りなんだから……おまえだって知ってる私の気持ちを理解してくれさえすれば、あんな無茶なことを押しつけるなんてことはしなかったはずなのに……あの方は善良で金持ちだから、きっとうまくやっていけるなんて言い張ってね……でも、お母さまの怒りようったら凄かった、私を親不孝で身勝手だなんて言うのよ……とても辛いわ！　だって、嘘をついたり自分をごまかしたりできない性分なんだもの、だから親不孝なんだって。

リタ　お願いですから、お嬢さま、そんなにお嘆きにならないで。

ドニャ・フランシスカ　おまえは実際に聞いちゃいないからそんなことが言えるのよ……それにこうも言ってたわ、ドン・ディエゴは私が一言ものを言わないことが不満だってね……でも、お話は充分したし、あの方の前では嬉しそうに振る舞ってきたつもりよ。笑ったり、愚にもつかないことを言ったりしてね、もっとも本心じゃなかったけど……何もかもお母さまを喜ばせるためだったの、そうでなきゃ……。とにかく、本心から出たものじゃないってことは聖母さまがよくご存じだわ。（舞台が次第に暗くなる）

リタ　まあ、まあ、そんなにお嘆きにならなくても……どうなるかまだわかりゃしませんよ！　……昨年、軍の補給局長の別荘で過ごしたあの休日のことを覚えてますか？

ドニャ・フランシスカ　忘れるはずがないわ！　……でも、一体何が言いたいの？

リタ　緑色の十字章(31)をつけた、優雅な身のこなしに堂々とした男っぷり、そう、あの方のことですよ……

ドニャ・フランシスカ　まわりくどいわね！　……ドン・フェリックスでしょ。それであの方がどうしたっていうの？

リタ　ほら、あたしたちを町中まで送ってくださったじゃありませんか……

ドニャ・フランシスカ　そうだったわね……あのあと戻って来られて、幸か不幸かなんどもお会いすることになった……質《たち》の悪いおまえのとりなしによってね(32)。

リタ　そこまでおっしゃらなくても！　……人にご迷惑をおかけしたわけじゃあるまいし！　修道院じゃ誰もお気づきになりませんでしたよ。あの方は決して敷居をまたぐようなことはなさいませんでしたし、夜に逢瀬を重ねたときも、お二人のあいだがずいぶん隔たっていたため、そのことに何度も不平を鳴らしたのは、むしろお嬢さまのほうじゃありませんか……でも、問題はそういうことじゃなくて、あたしが言いたいのは、あの方みたいな恋人がそう簡単に愛してやまないパキータを忘れるわけがないってことですよ……いいですか、お嬢さま、これまであたしたちが内緒でこっそり読んだ種々の小説(33)に書いてあることと、これまで見てきたあの方の態度は別物です……あのときの三つの手拍子、覚えてますか？　あれは確か夜の十一時か十二時頃でしたわ、情感を込めてやさしくギターをつま弾く音色。

ドニャ・フランシスカ　ああ、リタ、何もかも覚えている！　死ぬまで忘れられないと思うわ……だけど、今はもういない……きっとどこかのお嬢さんに心が移り、愛をささやいているんでしょうね。

リタ　そんなのは信じられません。

ドニャ・フランシスカ　殿方なんてしょせん皆そういうものよ……

リタ　滅相もない！　しっかりしてくださいよ、お嬢さま。男と女の関係なんてのは、アニョベール(34)のメロンのそれと同じようなもんですってば。一口にメロンと言ってもいろいろですよ。むずかしいのはどっちを選ぶかってことです。選択を誤れば失望するでしょうけど、そうかといってどれも悪い代物だというレッテルを貼ることはできません……殿方にしても、大嘘つきや品行の悪い輩《やから》もいますが、あれほど根気よく愛情をお示しくださった方が、それと同類だとは思えませんね。三か月ものあいだお嬢さまを口説き続け、暗闇でお話しなさいましたが、その間は破廉恥な振る舞いなどなかったし、あの方のお口から下品でがさつな言葉が出たなんてこともなかったことは、お嬢さまもよくご存じのはずです。

ドニャ・フランシスカ　ええ、知ってるわ。だから、あの方のことが大好きだし、あの方の愛を大切にしまってあるのよ……ここにね（胸をさす）……でも、あの方は私の手紙をご覧になってなんて言われたかしら？　……いいえ、私にはわかるの、「ああ、なんてことだ、残念だよ、かわいそうにね」って！　……それでおしまいよ……たぶんそれっきり何も言わなかったと思うわ、何もね。

リタ　いいえ、お嬢さま、そんなことはおっしゃいませんでした。

ドニャ・フランシスカ　おまえに何がわかるっていうの？

リタ　よくわかりますとも。あの方はお手紙を読まれるとすぐに旅立たれたんじゃないでしょうか。愛しいお友だちを慰めるために、今にも飛んで来られるかも……ですが……（ドニャ・イレーネの部屋の扉に近づく）

ドニャ・フランシスカ　どこへ行くの？

リタ　ちょっとご様子を見に……

ドニャ・フランシスカ　手紙を書いてると思うわ。

リタ　そろそろ暗くなり始めたので、もうすぐ書くのをおやめになるでしょう……お嬢さま、今お伝えしたことは紛れもない事実ですからね。ドン・フェリックスはもうここアルカラに来ておられるんです。

ドニャ・フランシスカ　何を言ってるの！　ごまかさないでよ。

リタ　ほら、あちらがあの方のお部屋……今し方カラモーチャから聞いたばかりですから。

ドニャ・フランシスカ　まさか？

リタ　そのまさかです……なんでも、今は外出中だとか……

ドニャ・フランシスカ　ということは、私を愛してくださっているってこと？　……ああ、リタ、私たちはあの方にお知らせしてよかったんだわ……なんてやさしい人なのかしら！　……それにしても無事お着きになったのよね？　私に会いたい一心でずいぶん遠方から駆けて来られたんだもの……もっとも私のほうからお願いしたんだけど！　……本当に嬉しいわ、感謝しなくちゃ！　……そうそう、これからはあの方を決して悲しませないって誓うわ。永遠に感謝と愛を捧げるつもりよ。

リタ　明かりをとってきます。あの人たちが戻ってこられるまで、あたしは下にいることにします……あの方がなんと言われるか、どうなさるおつもりか、様子をうかがうことにします。だって、ここに皆さんが一堂に会するなんてことにでもなりゃ、母親、娘、花婿、恋人のあいだで、それこそ一大事ですよ。この複雑な舞踏の手はずを上手に整えないと、何もかも水の泡ですからね。

ドニャ・フランシスカ　確かにね……でも、心配ないわよ。あの方には才能と決断力がおありだし、きっと都合よく解決してくださると思うわ……それで、私にはどうやって知らせるつもり？　……いいこと、あの方が戻り次第、すぐにもお顔を拝見したいのよ。

リタ　ご心配なく、こちらへお連れしますので。そのときはいつものように空咳《からせき》をします……よろしいですかね？

ドニャ・フランシスカ　わかったわ。

リタ　それじゃ何か口実でも探してみるとしますか。あたしは奥さまとごいっしょに、旦那さまたちの過去のことや小舅《こじゅうと》たちのこと、海で亡くなられた司教さまのことなどのお話をしてみます……それで、もしドン・ディエゴがこちらへ来られたら……

ドニャ・フランシスカ　いいから、早く。それであの方がお着きになったら、すぐにでも……

リタ　ええ、すぐにね。

ドニャ・フランシスカ　空咳を忘れないでちょうだい。

リタ　大丈夫ですってば。

ドニャ・フランシスカ　ねぇ、なんだか気分が晴れやかになったみたい！

リタ　そんなことおっしゃらなくても、見ればわかります。

ドニャ・フランシスカ　ねえ、おまえ、覚えているかしら、あの方が私を忘れるなんてことはありっこないし、私のためならどんな危険にも怯《ひる》むことなく、どんな困難も乗り切ってみせるって言ってたことを？

リタ　ええ、忘れるもんですか。

ドニャ・フランシスカ　そうよ！　……私に本当のことをおっしゃったんですから。（ドニャ・フランシスカはドニャ・イレーネの部屋へ行き、リタは舞台奥の扉から退場）

第二幕

第一場

ドニャ・フランシスカ

ドニャ・フランシスカ　まだ誰もいらっしゃらないわ……(真っ暗な舞台。彼女は舞台奥の扉に近づき、ふたたび戻る)ああ、じれったい！　……お母さまは私のことを幼稚で、お遊びと笑うことしか頭になく、恋愛がどういうものかわかっちゃいないって言うけど……もう十七よ、誕生日はまだだけど。だから、人を愛するってことや、そのための不安や涙がどういうものかも知ってるわ。

第二場

ドニャ・イレーネ、ドニャ・フランシスカ

ドニャ・イレーネ　あんな暗がりの中に私一人を置き去りにするなんて。

ドニャ・フランシスカ　だって、お母さまがちょうどお手紙を書き終えようとしてたんですもの、邪魔しちゃ悪いと思ったのと、こちらのほうがずっと涼しかったものですから。

ドニャ・イレーネ　それにしても、あの娘っ子ときたら、まだ明かりを持って来ないで一体何をしてるんだろうね？　何をやらせても一年がかりなんだから……こっちは怒りっぽい質《たち》だっていうのに。（腰をおろす）でもまあ、これも神さまの思し召し……ところで、ドン・ディエゴはどちらに？　まだお戻りではないの？

ドニャ・フランシスカ　ええ、そうみたい。

ドニャ・イレーネ　いいこと、これまで言って聞かせたことをよく考えてちょうだいよ。同じことを二度も繰り返すのはごめんだからね。あの方は心を痛めておられる、もっとも無理もない話だけど。

ドニャ・フランシスカ　ええ、わかってます、お母さま。もう小言を並べるのはよしてちょうだい。

ドニャ・イレーネ　これは小言じゃなくて、おまえに忠告してるのよ。だって、せっかくわが家に舞い込んだ幸福がどれほどのものか、まったくわかっちゃいないんだから……というのも、これまで背負い込んだ借金のことを考えると、情けない話だけど、この先自分がどうなってしまうのか見当がつかなくて……それに病気で臥《ふ》せったり回復したりの繰り返しで……治療代や薬代もかかる……それであの人でなしのドン・ブルーノに、ああ天に召されんことを、あの男にすがるしかなかったのよ。でも、下剤や鎮痙剤《ちんけいざい》といった錠剤を一袋ごとに二〇レアルとか三〇レアルをふんだくられてね……よく考えてみてよ、今度の結婚は誰もができるような結婚じゃないってことをね。だって、神さまの祝福を受けた伯母さまたちのお祈りのおかげなんだから。今回の幸運には感謝しなくちゃ、おまえの値打ちでも母さんの尽力でもないんですからね……何か言いたいことでも？

ドニャ・フランシスカ　いいえ、何も。

ドニャ・イレーネ　おまえはいつも黙《だんま》りを決め込むんだから、本当に困ったもんよね！……この話になると、何も言えなくなっちまうなんて。

第三場

リタ、ドニャ・イレーネ、ドニャ・フランシスカ

明かりを持ったリタが舞台奥の扉から登場し、それをテーブルの上に置く。

ドニャ・イレーネ　おやまあ、今夜はもうここには来ないと思ってたのにね。

リタ　奥さま、蠟燭《ろうそく》を買いに行ってもらったので遅くなってしまいました。なにせ、あのランプの臭いときたら奥さまの健康を害しますもの。

ドニャ・イレーネ　偏頭痛に悩まされていることだし、確かに身体には相当悪いと思うわ……それよりもこの樟脳の湿布㉟だけど、何の役にも立ちゃしないので、とっちまったわよ。オブラートで包んだお菓子のほうがずっとましよ……いいかい、明かりは一つここに残して、もう一つは私の部屋に運んでおくれ。カーテンは閉め忘れないよう気をつけて。蚊にとり囲まれるなんてごめんですからね。

リタ　わかりました。（明かりを一つ持ち、退場しようとする）

ドニャ・フランシスカ　（リタにこっそり耳打ちする）まだお見えにならないの？

リタ　今お見えになりますよ。

ドニャ・イレーネ　ねぇ、向こうのテーブルの上に置いてある手紙なんだけど、宿の使用人の若造に渡して郵便局へ持って行ってくれるよう頼んでちょうだいな……（リタはドニャ・イレーネの部屋に入る）ところで、夕食は何にするつもり？　まあ、今夜は早く休まなきゃね、明日は朝早くここを出なきゃいけないし。

ドニャ・フランシスカ　私は修道院の皆さまに間食をいただいたので……

ドニャ・イレーネ　だけどねぇ……せめて煮込み料理のスープだけでもお上がりよ、お腹《なか》の足しになると思うけど……（リタは手紙を持って現れ、この場が終わるまで台詞の内容にしたがって、退場しようとしたり、引き返したりする）ねぇ、おまえ、お昼にとっておいたスープを温め、用意ができ次第持ってきてちょうだい。

リタ　ほかに何かご用は？

ドニャ・イレーネ　それだけで結構……あっ、そうそう、私のスープはできるだけ味を薄めにね。

リタ　ええ、承知しております。

ドニャ・イレーネ　リタ。

リタ　（傍白）まだあるの？　（奥さまに）何でございましょう？

ドニャ・イレーネ　いいこと、手紙はすぐにも郵便局へ運んでくれるよう、くれぐれもあの若造に言っといてちょうだいよ……いや、やっぱりやめておくわ、そのほうが無難だもの……あの子には持って行ってもらいたくない。酔っ払いが何人かいるようだし、あてになんかなりゃしない……シモンに私からのたっての頼みだと言ってお願いしておくれ、頼んだわよ！

リタ　ええ、わかりました。

ドニャ・イレーネ　あっ、それからね。

リタ　（傍白）まだあるって言うの？

ドニャ・イレーネ　これは急ぎの用じゃないんだけど、あとでツグミの籠を持って来て、その辺にかけといてちょうだい、落っこちて傷ついちゃ大変だからね……（リタは奥の扉から退場）昨晩は最悪だった！　……あの鳥ときたら一晩中グロリア・パトリとサント・スダリオの祈りを唱え続けていたんだから(36)……確かに啓発するのは結構なことだけど、なにも人が眠りに就こうってときに……

第四場

ドニャ・イレーネ、ドニャ・フランシスカ

ドニャ・イレーネ　そうね、ドン・ディエゴがその辺で誰かと出会い、足どめされているとしても不思議じゃないわ。慎重で几帳面なお方なんだから……信仰深くて思いやりもおありだし！　それにあの上品な話しぶりときたら！　あの気品のある物腰、寛容な精神！　……見てのとおりお金持ちで、かつ手腕家でもある……お屋敷だってご立派よ！　まるで豪勢な黄金邸……大したもんだわねぇ。身につける服も真っ白だし、台所だってすごい！　食べ物も神さまがお造りになったものはすべてそろっている！　……ねぇ、おまえ、さっきから上の空で私の話を聞いているみたいだけど。

ドニャ・フランシスカ　いいえ、ちゃんと聞いてますわ。ただ、お話の腰を折りたくなかっただけ。

ドニャ・イレーネ　あちらじゃ水中を泳ぐお魚みたいにしていられるんだから。空飛ぶ小鳥だって欲しいと思えば手に入る。だって、あの方はおまえをとても愛しておられるし、善良で信仰深いときている……でも、いいこと、フランシスキータ、(37)私がこの話を切り出すたびに、黙《だんま》りを決め込んでしまうなんて、そんなずるい考えにはもううんざり……なにも特別のことを言っているわけじゃあるまいし！

ドニャ・フランシスカ　そう怒らないで。

ドニャ・イレーネ　とにかく、そんなに我を張るもんじゃないわよ……おまえがどうしてそんな態度をとり続けるのか、母さんが知らないとでも思っているの？　……その浅薄な考えから生まれる戯言《たわごと》が何なのか知らないとでも？　……ああ神さま！

ドニャ・フランシスカ　だったら、お母さまは何を知ってるっていうの？

ドニャ・イレーネ　私を騙そうたって無駄よ！　長い間生きてきたおかげで、ずる賢さや本質を見抜く力は充分に持ち合わせているんだから、おまえなんかに騙されるもんですか。

ドニャ・フランシスカ　（傍白）これで万事休す！

ドニャ・イレーネ　母親がいないかのように母さんのことを無視してさ……この際はっきり言っとくけど、今回の一件がなかったとしても、私はおまえを修道院から出すつもりでいたんだから。たとえあそこまでの道のりを一人で歩いていかなきゃならなかったとしても、おまえを家に連れ帰ったと思うわ……それにしても考えが幼稚だこと！　しばらくのあいだ修道女たちに囲まれて生活したからって、なにもおまえまで修道女になろうなんて思わなくても……それがどういうことなのかもわからずにね……要するに寝ても覚めても、いつだって神さまにお仕えしなきゃいけないってことなのよ、(38)フラスキータ。だけど、自分の母親を喜ばせ、母親の力となり、母親につきしたがい、日々苦労する母親を慰めることこそが、従順な娘にとっては何よりも大切な務めってことなのよ。

ドニャ・フランシスカ　ええ、お母さまの言うとおりです……私だってお母さまを独りぼっちにしようなんて思ったことはありませんから。

ドニャ・イレーネ　いいえ、私が知らないとでも……

ドニャ・フランシスカ　そんなことありません、信じてください。パキータは決してお母さまのそばを離れませんし、お母さまに不快な思いをさせるような真似はしませんから。

ドニャ・イレーネ　本当にそう思ってくれるの？

ドニャ・フランシスカ　もちろん。嘘はつきません。

ドニャ・イレーネ　それなら私の言い続けてきたこと、わかってくれるわよね。妙な振る舞いをした暁には、私が辛い思いをすることも、おまえの失うものが大きいってことも、わかるはずよね。

ドニャ・フランシスカ　（傍白）自分が惨めだわ！

第五場

ドン・ディエゴ、ドニャ・イレーネ、ドニャ・フランシスカ

舞台奥の扉からドン・ディエゴ登場。帽子と杖をテーブルの上に置く。

ドニャ・イレーネ　ずいぶん遅いじゃありませんか？

ドン・ディエゴ　外出したとたんにマラガ[39]の主席司祭とパディーリャ博士にお目にかかったのですが、わしがチョコレートとロールパンで満腹になるまで帰してもらえなくてね……（ドニャ・イレーネのそばに座る）それで、お身体の調子は？

ドニャ・イレーネ　まずまずですわ。

ドン・ディエゴ　ドニャ・パキータは？

ドニャ・イレーネ　あの子の頭の中はいつだって修道院の伯母さまたちのことでいっぱいなんです。そろそろ考えを変えて、母親を喜ばせ、柔順に従うことだけを考えるようにと言っておきました。

ドン・ディエゴ　なんてことだ！　まだまだ忘れられないってことですか？　……

ドニャ・イレーネ　別に驚くことはありませんよ、まだ子供なんですから……あの年頃の娘なんてものは、愛したり嫌いになったりすることがどういうことだか、まるでわかっちゃいないんです……なにしろ、年齢が年齢ですから、まだまだ……

ドン・ディエゴ　いや、徐々になんてことは決してありません。確かにわれわれの年代に比べるとあれくらいの年頃であれば、感情は一段と激しく燃え上がり、果敢に行動に出るものです。つまり、理性の働きが今ひとつ鈍く不完全であるだけに、激しい衝動を抑えきれないってことなんです……（ドニャ・フランシスカの片手をとって、自分のすぐそばに座らせる）ねぇ、パキータ、本当のところは心底修道院へ戻りたいってこと？　……本当なんですね……

ドニャ・イレーネ　いいえ、そんなことは……

ドン・ディエゴ　少し黙っていてください、ここは娘さんに答えてもらいましょう。

ドニャ・フランシスカ　母に伝えてあることは旦那さまもご存じのはずです……母を悲しませるなんてことは神さまがお許しになるはずがありません。

ドン・ディエゴ　そうは言っても、なんだか悲しそうじゃありませんか……

ドニャ・イレーネ　そりゃ当然ですわ。あなたもおわかりのはずでしょうに……

ドン・ディエゴ　ちょっと口を挟まないでください、ドニャ・イレーネ、当然だってことをあなたの口から聞きたくはありませんね。いわば、当然だというのは、娘さんがおどおどして母親の意に反する言葉を一言も口に出せないってことなんですよ……もしそうであれば、これは考えものですな。

ドニャ・フランシスカ　いいえ、旦那さま、母が申し上げたことは、実は私が言った言葉そのものなんです。なぜなら、母の言いつけには何でも従うつもりでいますから。

ドン・ディエゴ　言いつけですって、お嬢さん！　……こうした微妙な問題については、良識ある両親であれば言いつけるなんてことはしませんよ。こういうときには遠まわしに言うか、意見を述べるか、忠告するかで、それ以外のことはしないものです。

言いつけるなんてもってのほか！　……両親の言いつけによって不幸な結果を招いても、あとの祭りですからね！　……愚かな父親が理不尽な要求を突きつけたばかりに、不幸な夫婦やどうしようもないカップルがこれまで何組も誕生したのを見てきたじゃありませんか！　……そうです、そんなことをしちゃいけないんですよ……いいですか、ドニャ・パキータ、わしは自分たちの欠点を見て見ぬふりをする連中とはわけがちがうんです。この容姿や年齢からして、熱烈に恋心を抱いてくれる相手など一人もいないことぐらいわかっています。ですが、良識があり育ちのよいお嬢さんで、友情にも似た、穏やかで変わることのない愛情、夫婦を幸せにしてくれる愛情でもって、わしを愛してくれる人がいる可能性だってなきにしもあらず。だからといってわざわざ、品格の備わった自由な家庭環境に生きる娘さんを探し求めるようなことはしませんでしたがね……品格ですよ、道徳的行為に反しないのであれば、とやかく言う筋合いはありませんからね。それにしても、わしよりもずっと魅力的な男に恋心を抱かない娘さんがどこにいるっていうんです？　マドリードとか、かりにマドリードに似たような町を想像してみてくださいな……わしはこうした考えで頭が一杯になりはしましたが、これまで望んでいたものが、もしやあなたの中に見つけられるのではないかという気がしてきたんです。

ドニャ・イレーネ　もちろんですとも、ドン・ディエゴ、おっしゃるとおりですわ……

ドン・ディエゴ　もうすぐですから、もう少し言わせてもらえませんかね。信仰と美徳の穢れなき修道院で実践なさった敬虔なしきたりが、パキータ、あなたのように感化されやすい若い娘さんに影響を及ぼしたのではないかと考えているんです。だが、とてつもない空想や予期せぬ事態がきっかけで、かりにもっとふさわしい相手を選んでしまったとしても、わしは力尽くで事を運ぼうなんて魂胆はありませんからね。二枚舌は使いません。心に思っていることと言葉が矛盾するなんてことはありえませんので。ですから、パキータ、あなたにもそうであってほしいと願っています。つまり、嘘偽りのないようにということです。ただ、わしがあなたに抱いている愛情は、決してあなたを不幸にはしないはずです……お母さまだって不正直は受け入れがたいでしょうし、ましてや力尽くで他人を幸せにはできないことぐらい重々ご承知のはずです。わしという人間に魅力を感じず、あなたがほかの誰かのことで悩んでいるとして、少しでも素知らぬふりをよそおうのであれば、それはわれわれみんなにとって悲しいことですからね。

ドニャ・イレーネ　旦那さま、私にも言わせてくださいな！

ドン・ディエゴ　プロンプターや通訳をつけずに、本人の口から聞きたいんですよ。

ドニャ・イレーネ　私がそう言いつければ問題ありません。

ドン・ディエゴ　そう願えますかな。でも今は、娘さんが答える番です……わしの結婚相手はあなたではなく娘さんなのですから。

ドニャ・イレーネ　ドン・ディエゴさま、私にはお相手が私でも娘でもないように思われます。旦那さまは私たちのことをどうお考えなのでしょうか？　……あの子の代父はうまく書いてよこしたもんです、この縁談についてあの方に知らせたところ、つい先日返事が届いたんです。あの方は娘の洗礼に立ち会って以来、一度も娘に会ってはいませんが、それはそれはこの子をたいそう愛してくれていましてね。ブルゴ・デ・オスマ[41]に立ち寄る人たちには必ず娘の無事を尋ねてくださいますし、常に手紙でよろしくとの伝言を私たちに書き送ってくださいますの。

ドン・ディエゴ　そうですか、それでその方はなんとお書きになられたのです？　……単刀直入に申しますと、そのことと今ここで話していることと、何の関係があるとおっしゃるんですか？

ドニャ・イレーネ　大いに関係があります。差し出がましいようですが、アトーチャの神父さままでも、あの方が娘の結婚について書き送ってくださった手紙以上に立派な文章は書けやしないこと請け合いですわ……だからといって、あの方は大学教授や学士といったタイプの人間ではありません。俗にいう肩書きを持たず、よそから来られる人たちから売上税を徴収することで食べていくのが精一杯の生活を送っている方です……そのくせ抜け目がなく、何でも知っておられる、おまけに弁舌がさわやかときていますし、人さまを喜ばせるような文章をお書きになる……信じられないかもしれませんが、手紙の大部分はラテン語で書かれていますし、そこには私にとっても有益な忠告が記されているんです……つまり、あの方は今回の事の行く末を見抜いていたとしか考えられませんの。

ドン・ディエゴ　よろしいですか、奥さん、まだ何も起こっちゃいないんですよ、そうがっかりなさらなくても。

ドニャ・イレーネ　でも、そのような物言いで娘のことについて聞かされちゃ、私にかかりかりしろとおっしゃっているようなもんじゃありませんか！　……娘がほかの者にのぼせ上がっているとか、ほかの誰かのことで悩んでいるとか、なんてね！

……もしかりにそのようなことがあれば……ああ神さま！　……娘を滅多打ちにして、死に追いやってみせますから……〔娘に〕さあ、おまえ、旦那さまがお答えになるようにとのことだから、そうなさい。私は口を噤《つぐ》みますから。十二歳の時にマドリードに残してきた恋人たちのことや、修道院にいたときにあの信心深い聖女さまのおそばでこしらえた恋人たちのことをお話ししたらどうなの。それで旦那さまのお気持ちが落ち着くのであれば、お話しなさいよ……

ドン・ディエゴ　わしは奥さんよりはずっと落ち着いてます。

ドニャ・イレーネ　さあ、話しておあげ。

ドニャ・フランシスカ　何をお話しすればいいのか、お二人ともずいぶんご立腹のようですし。

ドン・ディエゴ　いや、それはちがいますよ。これは言葉の綾《あや》でそう言ったまでのことです。絶対に怒ってなんかいませんよ。ドニャ・イレーネはわしが敬意を払っていることは承知のはずですから。

ドニャ・イレーネ　ええ、旦那さま、承知してますとも。私たちをひいきにしてくださることに対しては心から感謝しています。だからこそ……

ドン・ディエゴ　感謝だなんておっしゃらないでください。わしができることといっても、高が知れてますからな……ドニャ・パキータが幸せであってくれればそれで充分です。

ドニャ・イレーネ　幸せに決まってますよ！　おまえ、何とか言いなさいよ。

ドニャ・フランシスカ　もちろん幸せですわ、旦那さま。

ドン・ディエゴ　まあ、今回の結婚によって身の上に変化が生じるわけですから、そのことで気を揉まなきゃいいんですがね。

ドニャ・イレーネ　とんでもありません、まるっきり逆ですわ……どなたにも満足のいく結婚ですもの、まるで夢のようですわ。

ドン・ディエゴ　そういうことであれば、この先後悔なさるようなことはないと断言しますよ。わしといっしょになれば娘さんはわしの愛と敬意に包まれて暮らすことができるのです。願わくは喜ばしい縁組みってことで、娘さんへの敬愛と友情に値する夫でありたいもんですな。

ドニャ・フランシスカ　ありがたいお話です、ドン・ディエゴさま……私みたいに身寄りがなくて、父親のいない貧しい娘にそこまで……

ドン・ディエゴ　だが、あなたには大きな幸運に恵まれるだけの素晴らしい資質がおありです。

ドニャ・イレーネ　さあ、こっちへおいで、パキータ、母さんのそばへ。

ドニャ・フランシスカ　お母さま！　（立ち上がり、母親の両腕を摑み、二人は抱き合う）

ドニャ・イレーネ　私がどれほどおまえを愛しているかわかるわよね？

ドニャ・フランシスカ　ええ。

ドニャ・イレーネ　それにどれほどおまえの幸せを願っているかもね！　私の願いはただ一つ、私が死んでいなくなる前に、おまえを嫁入りさせることよ。

ドニャ・フランシスカ　よくわかってます。

ドニャ・イレーネ　おまえは私の大切な娘だもの、聞き分けのいい子になってくれなきゃ！

ドニャ・フランシスカ　なりますとも、お母さま。

ドニャ・イレーネ　いや、おまえには母さんの愛情がどれほどのものかまだわかっちゃいない！

ドニャ・フランシスカ　どういうことかしら？　それじゃ私がお母さまのことを愛してい

ないとでも？

ドン・ディエゴ　どうでしょう、そろそろ向こうへ行きませんかね。（ドン・ディエゴは立ち上がり、次いでドニャ・イレーネも立ち上がる）こんなところに人がやって来て、われわれ三人が子供みたいに泣いているところを見られちゃかないませんからね。

ドニャ・イレーネ　ええ、同感ですわ。（二人はドニャ・イレーネの部屋へ立ち去る。ドニャ・フランシスカもあとに続こうとするが、舞台奥の扉から姿を現したリタが彼女を引きとめる）

第六場

リタ、ドニャ・フランシスカ

リタ　お嬢さま……お静かに、お嬢さま。

ドニャ・フランシスカ　どうしたって言うの？

リタ　いらっしゃいましたよ。

ドニャ・フランシスカ　何だって？

リタ　たった今着いたばかりです。それで僭越ながらかわりに抱擁させていただいて、ほらもう階段を上がってこちらへ。

ドニャ・フランシスカ　まあ大変！　……どうしよう？

リタ　何をおっしゃるんですか！　……いいですか、今は慎重に愛を語っている場合じゃないんですからね……大事なことをお話しすべきです……理性を失っちゃいけませんよ……よく状況をお考えになってくださいよ、長話は禁物ですからね……ほら、いらっしゃいました。

ドニャ・フランシスカ　そうらしいわね。

リタ　あたしはあの方たちに目を配っておきます……勇気をお出しください、お嬢さま、しっかりしてくださいよ。（リタはドニャ・イレーネの部屋に入る）

ドニャ・フランシスカ　ちょっと待ってよ。私もいっしょに……だけど、ほっぽらかせばあの人に悪いわ。

第七場

ドン・カルロス、ドニャ・フランシスカ

舞台奥の扉からドン・カルロス登場。

ドン・カルロス　パキータ！　……愛しいパキータ！　やっと会えましたね……どうです、ご機嫌のほどは？

ドニャ・フランシスカ　よくいらっしゃいました。

ドン・カルロス　なぜそのような悲しいお顔を？　……せっかく駆けつけてきたっていうのに嬉しくはないのですか？

ドニャ・フランシスカ　おっしゃるとおり。なにしろ、いろいろなことがあって、自分で自分がわからなくなってしまったものですから……ご存じかと思いますが……いいえ、よくご存じだと思います……あの手紙を差し上げたあと、私は連れ戻されたんです……それで明日マドリードへ向かうことになっていて……すぐそこに母がおりますの。

ドン・カルロス　どこにですか？

ドニャ・フランシスカ　そっちのお部屋です。（ドニャ・イレーネの部屋をさす）

ドン・カルロス　お一人で？

ドニャ・フランシスカ　いいえ。

ドン・カルロス　おそらく将来のお婿さんといっしょでしょうね。(彼はドニャ・イレーネの部屋に近づき、立ち止まり、ふたたび戻る) そのほうがいい……でも、ほかに誰もいないんですか？

ドニャ・フランシスカ　ほかには誰も。あの方たちだけです……どうなさるおつもり？

ドン・カルロス　もし情念の赴くまま、あなたの美しい瞳に誘惑されるがまま行動を起こせば、それこそ恐ろしいことになりかねませんが……まだ時間はあります……相手は名誉を重んじる方でしょうから、愛されるにふさわしい女性を心から愛しているという理由で、侮辱するわけにはいきませんからね……ぼくはまだあなたのお母さまを存じ上げないし……まあ、今の段階じゃ手の打ちようがありません……それよりも大切なことはあなたの名誉を守ることです。

ドニャ・フランシスカ　母は私をあの方と結婚させようと躍起《やっき》になっています。

ドン・カルロス　気にすることなんてありませんよ。

ドニャ・フランシスカ　マドリードに着いたら結婚式を挙げようって魂胆なんです。

ドン・カルロス　なんですって？　……そりゃ困る、それはいけません。

ドニャ・フランシスカ　でも、あの二人のあいだでは話は決まってるんです。あの方たちの言い分は……

ドン・カルロス　わかりました……言い分はともかく……だけど、なんとか手を打たなきゃ。

ドニャ・フランシスカ　母は今回のこと以外は何も話しません。私を脅して怖がらせるばかりです……相手の方にしても、私を結婚へ駆り立て、何やかやと援助を申し出てくれますし、それに……

ドン・カルロス　それであなたはその男に希望を持たせたってわけですか？　……ずっと愛すると約束でもしたのですか？[42]

ドニャ・フランシスカ　意地悪ですわね！　……あなたにはおわかりにならないの？　……意地悪なお方！

ドン・カルロス　ええ、わかってますよ、パキータ……ぼくにとっての初恋の人ですからね。

ドニャ・フランシスカ　私にとっては最後の恋。

ドン・カルロス　その胸に秘められた恋を諦めるくらいなら、死んだほうがましです

……あなたの恋心はぼくだけのものなんですから……そうでしょう？（彼女の手を握る）

ドニャ・フランシスカ　ええ、ほかの誰のものでもありませんわ！

ドン・カルロス　美しい人だ！　ぼくに甘い希望を抱かせてくれる！　……その唇から発せられる一言がぼくを安心させてくれるんです……何があっても立ち向かえる勇気が湧いてくるんです……それで今こうしてここに来てるってわけですよ……あなたがぼくを呼んだのも、あなたを守り、自由にして、これまでに何度も繰り返し約束してきた義務を果たしてもらいたいからじゃありませんか？　だからこそ、わざわざここまで足を運んだんです……あなたが明日にもマドリードへ発つのなら、ぼくもお供します。お母さまにはぼくのことを知っていただきたいし……また向こうには人柄が立派で尊敬できる、かなり年配で頼りがいのある人がいます。ぼくの叔父なんですが、むしろ友人ないしは父親に匹敵するような人なんです。叔父にはぼく以外に近しい身寄りもなければ、親しい家族もありません。でも、とても金持ちなので、あなたがそうした財産の贈り物に少しでも興味があるとしたら、この姻戚関係はぼくたちの結婚に何らかの幸運をもたらしてくれると思いますけどね。

ドニャ・フランシスカ　世界中の富を手に入れたところで、何になりますの？
ドン・カルロス　それはわかってます。無垢な魂に野心など通用しませんからね。
ドニャ・フランシスカ　愛し愛されるだけで充分です……それ以上の富なんて欲しくも見たくもありません。
ドン・カルロス　確かに……でも、まずは落ち着いてください、そして運命が今のぼくたちの悲しみを永遠の幸せに変えてくれることを願おうじゃありませんか。
ドニャ・フランシスカ　だけど、かわいそうな母を悲しませないようにするには、どうすればいいのかしら？　……私を心底愛してくれてるんだもの！　……たった今、母を悲しませるようなことはしない、そばを離れるようなことはしないって、それにいつまでも従順でいい子でいるって、言ってきたばかりなのに……そうしてあげたら母はやさしく私を抱きしめてくれました！　その二言三言でずいぶん慰められたみたいでした……この窮地をどうやって脱するおつもりなのか、私には見当もつきませんわ。
ドン・カルロス　なんとか方法を考えます……それともぼくのことが信用できないとでも？

ドニャ・フランシスカ　まさか、信じないわけがないでしょう！　私を元気づけてくれるその希望なくして、まともに生きていけるとお思いですか？　独りぼっちで誰からも相手にされず、どうすればよかったと言うんです？　もしあなたが来てくださらなかったとしたら、思いを打ち明ける相手を見つけられず、誰にも心の憂《う》さの原因を告げることもできず、悶々として息絶えていたことでしょう……でも、あなたは紳士として、また恋人として振る舞い、私のことをどれほど愛してくださっているかという証《あかし》を持って来てくださいました。（感極まって涙を流す）

ドン・カルロス　泣いてるんですね！　……その涙は無駄にはしませんよ！　……いいですか、パキータ、あなたを苦しめる連中からあなたの身を守るのは、ぼく一人でたくさんだ。なあに、あなたから愛されている恋人を、やり込めようなんてやつはどこにもいやしませんよ！　恐れることなどありませんから。

ドニャ・フランシスカ　大丈夫かしら？

ドン・カルロス　大丈夫ですとも……愛が二人の絆《きずな》を深めてくれた以上、死ぬまで断ち切れることはありません。

第八場

リタ、ドン・カルロス、ドニャ・フランシスカ

リタ　お嬢さま、中へお入りになってください、お母さまがお探しです。あたしは夕食をもってまいりますが、そのあとすぐに就寝なさるようです……ところで、旦那さまもそろそろお引きとりくださいまし。

ドン・カルロス　承知した、ここで疑念を引き起こしちゃ事だからな……言いたいことは言いましたので。

ドニャ・フランシスカ　私もです。

ドン・カルロス　では、また明日。白日のもとでその幸せな恋敵を拝見するとしましょう。

リタ　とても誠実で、お金持ちで、節度のあるお方ですよ。袖のついた長めの胴着に、襟や袖口にフリルのついた清潔なシャツをお召しになり、あの鬘《かつら》をはずせば六十路《むそじ》といったところでしょうかね。（舞台奥の扉から退場）

ドニャ・フランシスカ　それじゃ、また明日。
ドン・カルロス　それじゃ、パキータ。
ドニャ・フランシスカ　ぐっすりお眠りくださいまし。
ドン・カルロス　嫉妬を抱いたまま眠るってことですか？
ドニャ・フランシスカ　どなたに？
ドン・カルロス　おやすみ、パキータ……心地よい眠りを。
ドニャ・フランシスカ　愛を抱いて眠るってわけね？
ドン・カルロス　じゃ、おやすみ。
ドニャ・フランシスカ　おやすみなさい。（ドニャ・イレーネの部屋に入る）

第九場

ドン・カルロス、カラモーチャ、リタ

ドン・カルロス　ぼくからあの人を奪いとるだと？（心配そうに歩きまわる）いや、相手が誰であろうと、そんなことはさせるもんか。あの人の母親にしても、娘が嫌がっている結婚を頭ごなしに押しつけるほど無分別には思えないが……それにこっちだって一枚噛《か》んでるんだ……相手が六十歳ってことは……まさに金持ちだな……やはり金《かね》か！　……あちこちで騒動を引き起こす金なんて呪われるがいいや。

カラモーチャ　（舞台奥の扉から登場）旦那、子山羊の肉を半分焼いてあります……まあ、少なくとも子山羊に見えますけど。それから特上のオランダ辛子のサラダもあります。むろんトリカブト(43)や妙な混ぜ物は一切ないし、よく洗い、水を切り、おれのこの罪深い手で調味しておいたんで申し分ありませんや。メコ(44)のパン、テルシア(45)のワイン……これで夕食をすませて、ベッドに潜り込めば言うことなしと……

ドン・カルロス　よし行こう……それで場所は？

カラモーチャ　階下です……あっちに蹄鉄工の腰かけみたいに、テーブルとは名ばかりのえらく小ぶりの台を用意させておきましたんで。

リタ　（数枚の皿、茶碗、スプーン、ナプキンを持って舞台奥の扉から登場）スープはいかがですか？

ドン・カルロス　うん、いただこうか。

カラモーチャ　夕食に子山羊の肉を食べたいっていう、とびっきりの別嬪《べっぴん》さんがいたら、手を上げてもらいたいもんだよ。
リタ　その別嬪さんはもう鍋半分の肉団子を食べちまいましたがね……でもね、恩に着ますよ、軍人さん。（ドニャ・イレーネの部屋に入る）
カラモーチャ　ありがたく思ってくれるおまえが大好きさ。
ドン・カルロス　それじゃ行くとしよう！
カラモーチャ　おやおや！　……（舞台奥のほうへ行ってから引き返す。ドン・カルロスと小声で言葉を交わしたあと、シモンに挨拶をしに行く）静かに、旦那……
ドン・カルロス　どうしたっていうんだ？
カラモーチャ　向こうにいるやつが誰だかわかりますかい？
ドン・カルロス　シモンじゃないのかい？
カラモーチャ　そうですが……よりによってなぜやつがここに？　……
ドン・カルロス　どうすりゃいいんだ？
カラモーチャ　どうしたもんですかねぇ？　……やつからいろいろと聞き出し、こっちはでたらめを並べるってのはどうです？　……やってみましょう！
ドン・カルロス　好きなだけ嘘を並べるがいいさ……それにしても何の用があって来た

んだろう？

第十場

シモン、ドン・カルロス、カラモーチャ

シモンが舞台奥の扉から登場。

カラモーチャ　シモンじゃないか、どうしてここへ？

シモン　これはこれは、カラモーチャ、元気かい？

カラモーチャ　ああ、ぴんぴんしてるぜ。

シモン　しかし、嬉しいねぇ！　……

ドン・カルロス　まあ、おまえがアルカラにいるってことは、何かあったたってことだな？

シモン　あれっ、旦那もこちらにいらしたんですかい？　……こりゃまた！

ドン・カルロス　それでぼくの叔父は？

シモン　お元気ですとも。
カラモーチャ　マドリードにいなさるのかい、それとも……？
シモン　さあ、どうでしょうかね？　……そんなこたあ！　今はずいぶん疎遠になっちまったもんで……それはそうと、旦那、お目にかかるたびに男前が上がるじゃありませんか……それでこれから叔父さんに会いに行かれるってわけですな？
カラモーチャ　おまえさんはご主人の用で来たんだよな。
シモン　道中の暑さときたら、それに埃っぽい道ときている！　まったくねぇ！
カラモーチャ　とり立てか何かのようだな。
ドン・カルロス　そうにちがいない。叔父はアハルビル(46)にわずかながら領地を所有しているので、そのことでこっちへ来たってことかい？
シモン　例の管理人がとんでもないろくでなしに成り下がっちまいましてね！(47)　どこの畑を見てもあれほどずる賢くて口達者な百姓はいませんて……ところで、旦那はサラゴーサから来られたんですかい？
ドン・カルロス　まあ、そういったところだ。
シモン　それともこれからあちらへ？

ドン・カルロス　あちらとは？

シモン　サラゴーサですよ。連隊はあちらじゃなかったんですかい？

カラモーチャ　だがな、おれたちは去年の夏にマドリードを発ったんだ。ここまで四レグア[48]以上も歩いてきたってことになるんだぜ！

シモン　知るもんかね！　中には駅馬を仕立てて、四か月以上もかかってようやくたどり着くっていう連中もいるからな……おそらくよっぽど道が悪いんだろうよ。

カラモーチャ　（シモンから離れて、傍白）何を言いやがる、おまえさんも道もおまえさんを産んだおっかさんも呪われるがいいや！

ドン・カルロス　とにもかくにも、ぼくの叔父がマドリードにいるのかアルカラにいるのか、おまえが何しに当地へ足を運んだのか、何も教えてはくれないじゃないか……

シモン　それなら、これから旦那にお話ししようと思ってたところでして……ただ、主人に言われたことがありましてね……

第十一場

ドン・ディエゴ、ドン・カルロス、シモン、カラモーチャ

ドン・ディエゴ　(舞台裏から) いや、要らんよ。ここに明かりがあるんだ。それじゃ、おやすみ、リタ。

ドン・カルロスは動揺し、舞台の片隅へ身を引く。

ドン・カルロス　あれは叔父さん！　……

ドン・ディエゴ　シモン！　(ドニャ・イレーネの部屋を出て、自分の部屋へ向かう。ドン・カルロスに目をとめ、近づく。シモンは主人の足もとを照らし、灯火をふたたびテーブルの上に置く)

シモン　ここですよ、旦那。

ドン・カルロス　(傍白) ああ、もうこれでおしまいだ！

ドン・ディエゴ　いっしょに来てくれ……おや、誰だね、そこにいるのは？

シモン　旦那のお知り合いですかね。
ドン・カルロス　（傍白）万事休すだ！
ドン・ディエゴ　知り合いの者だと？　……誰だね？　……明かりを近づけてくれ。
ドン・カルロス　叔父さん。（ドン・ディエゴの手に口づけしようとするが、叔父は怒って相手を寄せつけない）
ドン・ディエゴ　やめろ。
ドン・カルロス　叔父さん。
ドン・ディエゴ　出て行け……一体どうなってるんだ……ここで何をしている？
ドン・カルロス　ご立腹でしょうけど……
ドン・ディエゴ　ここで何をしてるんだね？
ドン・カルロス　ちょっとした不運のせいでこちらへ。
ドン・ディエゴ　いつも心配ばかりかけおって！　だがな……（ドン・カルロスに近づき）今何と言ったんだ？　不運がどうこういうのは本当なのか？　さあ、言ってみろ……何があったんだ？　……なぜおまえがこんなところにいるんだ？
カラモーチャ　そりゃあ、旦那を慕っておられるのと、本心から旦那のことを思っておられるからですよ……

ドン・ディエゴ　おまえになんぞ聞いちゃいない……なぜこのわしに黙ってサラゴーサを出たりしたんだ？　……わしの顔を見て、なぜそうも驚くんだ？　……さては何かやらかしたな。きっとそうにちがいない。この哀れな叔父の命にかかわるような愚行でもやらかしたんだろう。

ドン・カルロス　いいえ、そうじゃありません。ぼくはこれまで叔父さんから何度も教わってきた名誉の大切さや思慮分別のことは身につけているつもりです。

ドン・ディエゴ　だったら、何しにここへ来た？　決闘を挑もうとでも？　それとも借金かね？　上官とのいざこざ？　……なあ、カルロス、もうわしを心配させんでくれ……後生だから不安がらせないでくれ。

カラモーチャ　そりゃ決まってるじゃありませんか……

ドン・ディエゴ　おまえは黙ってろ……ちょっとこっちへ来い。（甥の手をとり、二人で舞台の隅へ行き、小声で話しかける）さあ、わけを聞かせてもらおうか。

ドン・カルロス　軽率な行動をとり、叔父さんの意に反したことをしたと思ってます。許しを請わずにマドリードへ向かうなど……出会いがしらに不快な思いをさせてしまい、大いに反省しています。

ドン・ディエゴ　それでほかには？

ドン・カルロス　それだけですよ、叔父さん。

ドン・ディエゴ　だったら、さっきおまえが言った不運とは何のことだね？

ドン・カルロス　別に何でもありません。ただ、こんなところで叔父さんと鉢合わせしたという不運ですよ。ぼくとしてはマドリードに叔父さんを訪ねて驚かせてから、数週間ほどいっしょに過ごし、再会の喜びに浸りながら任地に戻ろうと思ってたんですが、逆に嫌な思いをさせてしまって。

ドン・ディエゴ　それだけなのか？

ドン・カルロス　それだけです。

ドン・ディエゴ　まちがいないだろうね？

ドン・カルロス　もちろん……それだけのためにここへやって来たんですから。

ドン・ディエゴ　そういうことは、このわしには通用しないね……そんなこと、できるはずがない、そんな風に隊を抜け出すなどと……将校ともあろう者が、好き勝手に姿をくらましたり、部隊を離れたりするなんて許されるはずがあるまい！　……そのようなことが頻繁に繰り返されるようじゃ、軍隊の規律なんてあってないようなもんじゃないか……まったく話にならん。

ドン・カルロス　いいですか、叔父さん、今の世の中は平和なんです。サラゴーサじゃ、休息さえも許してもらえないという他の守備隊とちがって、そこまで厳しく規律を守る必要はないからです……要するに、今回の遠出は上官の許可を得た上でのことですし、ぼくとしては自分の立場をわきまえたつもりです。ですから、こうして部隊を離れていても、任務そのものに何ら支障をきたすことはないんです。(49)

ドン・ディエゴ　兵士たちにとって将校はいなくちゃならん存在だ。国王は、兵士たちを教育し、世話をし、彼らに服従と勇気と徳行の模範となるよう、将校を任命なさったんだよ。

ドン・カルロス　そうですけど、ここへ来た理由は今お話ししたように……

ドン・ディエゴ　そんな理由などどれも口実にすぎん……叔父さんに会いたいだと！……ふん、その叔父さんが甥っ子に望むことはだな、八日ごとにお顔を拝見するなんてことじゃなくて、甥っ子が分別ある人間かどうか、おのれの義務を果たしているかどうかを知ることなんだぞ。それが本音だ……だがな（声を張り上げ、落ち着かない様子で歩きまわり）二度とこんな馬鹿なまねをしないよう、何らかの手段を講じる必要がある……つまりだ、今すぐにここから出発してもらうってことだ。

ドン・カルロス　でも、それは……

ドン・ディエゴ　それしか方法はない……それも今すぐにだ、今夜はここで過ごしてもらっちゃ困るんでな。

カラモーチャ　ですがね、馬どもは走れそうにありませんし……身動き一つできない状態でして。

ドン・ディエゴ　（カラモーチャに）いいから、馬と荷物を持ってこの宿を出ろ。（カルロスに）いいか、今夜は別の宿に泊まるんだ……わかったな。（カラモーチャに）さあ、急げ、とっとと動くんだ、荷物を抱えて下へおりろ。宿の代金を払って、馬を出し、失《う》せるんだ……（シモンに）やつを手伝ってくれ……金はいくらある？

シモン　四オンスか六オンス(50)ってところでしょうかね。（財布から数枚の金貨を取りだし、ドン・ディエゴに渡す）

ドン・ディエゴ　こっちへよこせ……おい、何をぐずぐずしてるんだ！（カラモーチャに）今すぐだと言っただろ？……急げ。（シモンに）いっしょに行って、手伝ってや

れ。二人がいなくなるまでその場を離れるんじゃないぞ。（二人の下男はドン・カルロスの部屋に入る）

第十二場

ドン・ディエゴ、ドン・カルロス

ドン・ディエゴ　ほら、受けとるがいい。（甥に金を渡す）これだけありゃ、道中金に困ることはない……いいかね、こういう風にあしらうのも、わしなりの考えがあってのことだ……今度のことはおまえの幸せを願ってのことで、おまえのとった行動は無謀だってことを知ってもらいたいがためだ！　……だから、このことで嘆き悲しむことはないし、わしに愛情がないからだなどと思うのはお門ちがいってもんだ……わしがこれまでずっとおまえに愛情を注いできたことはわかってるはずだ。おまえさえ分相応の振る舞いをしてくれれば、これまでどおりわしはおまえをひいきにしようじゃないか。

ドン・カルロス　わかってますとも。

ドン・ディエゴ　だったら、今はわしの言うとおりにしろ。

ドン・カルロス　わかりました、言いつけに従います。

ドン・ディエゴ　（ドン・カルロスの部屋から荷物を抱えて現れ、舞台奥の扉から出て行こうとする下男たちに向かって）町の外にある宿へ行くんだぞ。（ドン・カルロスに）いいか、今夜はそこで泊まるんだ。そうすりゃ馬どもだって飼い葉にありつけるし、ゆっくり休めるってもんだ……どんな理由があろうともここへ戻ってくるんじゃないぞ、町にも入っちゃならん……忠告しておくが、明朝三時か四時には出発しろ。いつ出発したかぐらいは、わしにはちゃんとわかるんだからな。わかったかね？

ドン・カルロス　わかりましたよ、叔父さん。

ドン・ディエゴ　この先どうすべきか考えるんだぞ。

ドン・カルロス　言いつけどおりにしますよ。

ドン・ディエゴ　よし……それじゃな……今度のことはすべて赦すとしよう……元気で暮らすんだ……おまえがいつサラゴーサに到着するかについては調べ出してみせるからな。以前おまえがしたことについちゃ、すでにお見通しだってことを忘れるんじゃないぞ。

ドン・カルロス　ぼくが何をしたと？
ドン・ディエゴ　そりゃ知ってるさ、その上で赦すと言ってるんだ、それで充分じゃないのかね？　今はそんなことにかまっている場合じゃないんだよ。さあ、行け。
ドン・カルロス　それじゃ、お元気で。（退出しかけて引き返す）
ドン・ディエゴ　叔父さんの手にキスをするのを忘れたとでも言うのかね？
ドン・カルロス　その勇気がなくて。（ドン・ディエゴの手に口づけし、二人は抱き合う）
ドン・ディエゴ　二度と会えないかもしれないので、ひとつ抱擁といこう。
ドン・カルロス　何を言うんです？　そんなはずありませんよ！
ドン・ディエゴ　わかるもんか！　それよりも借金はないのかね？　何か必要なものは？
ドン・カルロス　いいえ、今のところは。
ドン・ディエゴ　そいつは珍しい、おまえときたら後先なしに湯水のように使うくせに……それもわしの財布をあてにしてな……まぁいい、わしからアスナール氏に一〇〇ドブロン[51]の金を都合するよう一筆書いてやろう。だが、よく考えて使うんだぞ……賭け事はするのかね？
ドン・カルロス　一度もやったことはありません。

ドン・ディエゴ　あれには要注意だ……それじゃ、道中気をつけるんだぞ。疲れないようにな、ゆっくりと休みながら行くんだ……どうだ、これでいいだろう？

ドン・カルロス　いや、それがちょっと。叔父さんはぼくのことを思っていてくれるし、親切にしてくれるのに、それに報いることができない自分を思うと。

ドン・ディエゴ　過ぎてしまったことは言わなくてもいい……それじゃ、さよなら。

ドン・カルロス　叔父さんはぼくのことでご立腹なのでは？

ドン・ディエゴ　とんでもない、いや先ほどは確かに……不愉快だったが、もう大丈夫だ……もう心配をかけないでくれ。（甥の両肩に手をかけて）立派な人間にふさわしい振る舞いをするんだぞ。

ドン・カルロス　心配には及びませんよ。

ドン・ディエゴ　尊敬される将校としてだ。

ドン・カルロス　ええ、約束しますとも。

ドン・ディエゴ　それじゃな、カルロス。（二人は抱き合う）

ドン・カルロス　（舞台奥の扉から立ち去る間際の傍白）これでもうあの人には会えない！……永遠のお別れだ！

第十三場

ドン・ディエゴ

ドン・ディエゴ　思ったよりうまく話がまとまったぞ……いずれ頃合いよくあれの耳にも入るだろう……もっとも、手紙で知らせてやるのと直接知らせるのとではちがうからな……まあ、事がまとまればどうでもいいことだが……それにしてもどうだ、あれの叔父への敬意と来たら！　……従順そのものじゃないか！　(涙を拭い、明かりを手にして自室へ退場。舞台はしばらくのあいだ暗転)

第十四場

ドニャ・フランシスカ、リタ

二人はドニャ・イレーネの部屋から登場。リタは明かりを持ち、それをテーブルの上に置く。

リタ　やけに静まりかえってますこと。

ドニャ・フランシスカ　もうおやすみになったんだわ……お疲れになったんでしょう。

リタ　確かにね。

ドニャ・フランシスカ　長旅だったものね！

リタ　それも愛にせっつかれてのね、お嬢さま！

ドニャ・フランシスカ　そうね、おまえの言うとおり、愛にね……私、あの方のためなら何でもするつもりよ！

リタ　まだまだこれからですよ、何もこれが最後の奇跡ってわけじゃないんですから。あたしたちがマドリードに着く頃には、きっと大変な騒ぎに……お気の毒にドン・ディエゴったらがっくりなさるでしょうね！　なにしろ、心根のやさしいお方ですから、見ていてかわいそうで……

ドニャ・フランシスカ　そう、問題はそこよ。もしかりにドン・ディエゴが見下げはてた人で、お母さまが申し込みを拒んでいたとしたら、こんな嫌な思いを隠しとおさずにすんだのに……でも、もう事情が変わったのよ、リタ。ドン・フェリックスが来てくださったおかげで、もう誰も恐れることなんてない。だって、私の運命はあの方の手中にあるんだから。今の私はどの女の人よりも幸せよ。

リタ　あっ、そうそう今思い出しました！　……奥さまに頼まれたことがありましたっけ……見てのとおり今回の恋愛騒動で頭が変になりそうで……ちょっと行ってまいります。（ドニャ・イレーネの部屋へ向かう）

ドニャ・フランシスカ　何しに行くの？

リタ　ツグミですよ、あそこから出すのをすっかり忘れてましてね。

ドニャ・フランシスカ　そうだったわね、じゃ持って来てちょうだい。昨晩のようにお祈りなんか始められちゃ大変[52]……確か向こうの窓際に置いてあったはずよ……それからお母さまを起こさないよう気をつけてね。

リタ　承知しました。でも、階下の馬たちの騒がしい物音をお聞きになってくださいな……この分だとあたしたちのロボ通り[53]七番地二号室にたどり着くまで、眠るなんて考えは持たないほうがよろしいかもね……それにどうです、あの忌々しい大戸のきしる音ときたら……

ドニャ・フランシスカ　明かりを持って行ってもいいわよ。

リタ　大丈夫です、場所はちゃんとわかってますから。（ドニャ・イレーネの部屋に入る）

第十五場

シモン、ドニャ・フランシスカ

舞台奥の扉からシモン登場。

ドニャ・フランシスカ　あなた方はもうおやすみになったものとばかり思っていました。
シモン　手前の主人はもう床に就いていると思いますが、こっちはまだ今夜のねぐらが定まらなくてね……そのくせ眠くて眠くてしかたありませんや。
ドニャ・フランシスカ　今し方、新しいお客さまでも来られたのかしら？
シモン　いや、どなたも。ここに滞在していたお客たちが、お出かけになったんですよ。
ドニャ・フランシスカ　馬方たちかしら？
シモン　いいえ、それが将校らしき人とその下男のようで、どうやらサラゴーサへ向かったらしいです。
ドニャ・フランシスカ　それでどんな方々だったの？

シモン　将校らしき人と供の者だったかと。

ドニャ・フランシスカ　ここにおられた人たちってこと？

シモン　ええ、お嬢さま、あちらの部屋にね。

ドニャ・フランシスカ　ついぞお見かけしなかったわ。

シモン　今日の午後にお着きになられたようで……用事をすませたあと宿を出て行かれたようで……それじゃ、これで、おやすみなさい、お嬢さま。（ドン・ディエゴの部屋に入る）

第十六場

リタ、ドニャ・フランシスカ

ドニャ・フランシスカ　ああ神さま！　これはどういうこと？　……私、もう堪えられない……こんな惨めなことってある！　（テーブルのそばの椅子に腰をおろす）

リタ　お嬢さま、生きた心地がしませんわ。（ツグミの籠をとり出し、テーブルの上に置く。ドン・カルロスのいた部屋の扉を開けたあと、ふたたび戻ってくる）

ドニャ・フランシスカ　ああ、やはり本当だったのね！　……おまえも知ってたんだね？

リタ　冗談じゃありません、自分でもこの目の前で見たことが信じられませんよ……そっちのお部屋はもぬけの殻で、荷物も衣類も何もありません……確かにこの目であの方たちが出て行かれるのを見たのに、どこでどう見誤ったのか！　……

ドニャ・フランシスカ　まちがいなくあの方たちだったの？

リタ　もちろん、まちがいありませんよ。

ドニャ・フランシスカ　となると、この町をお出になったってことかしら？

リタ　マルティーレス門から出て行かれるまで、あたしはこの目でちゃんとお二人を見てたんですから……ここからは目と鼻の先ですし。

ドニャ・フランシスカ　でも、あそこはアラゴンへ向かう道じゃないの？

リタ　そうですが。

ドニャ・フランシスカ　なんて恥知らずなんでしょうね！　……本当にひどい人！

リタ　お嬢さま。

ドニャ・フランシスカ　この哀れな私が何をしたっていうの？

リタ　あたしは震えがとまりませんよ……こんなことって……わけがわかりません……

あの方がこんなことをなさるなんて、一体何があったっていうんでしょうかね、まったく。

ドニャ・フランシスカ　この命よりも大切に思っていたのに！　……狂おしいまでの私の愛がおわかりにならなかったのかしら？

リタ　こんな破廉恥な行為を見せられると、あたしだってなんと言っていいのやら？

ドニャ・フランシスカ　そんなの簡単よ！　私を愛していなかったし、しょせん立派な方じゃなかったってことよ……なぜここへ来たかといえば、私を騙して今までの関係を絶つためだったのよ！　（立ち上がる。リタは彼女の身体を支える）

リタ　何か別の目的があってここを訪れたなんて、それじゃ腑に落ちませんね……もしかして嫉妬……いいえ、嫉妬なさる理由はどこにもありませんもの！　……かりに嫉妬だとすれば、さらにお嬢さまを愛しておられるってことになりますからね。臆病じゃないので、恋敵が怖くなったなんてことはまず考えられません。

ドニャ・フランシスカ　まあ、そんなことを言っても始まらないわ。どうせなら裏切り者で、残酷な化け物だっていえば、それですべてが片づく話かもね。

リタ　ここは人が来られるといけませんので、あちらへ行きましょう……

ドニャ・フランシスカ　そうね、それがいいわ……向こうで思いっきり泣いてやるんだから……こんな惨めな思いをさせるなんて！　……人でなしよ！

リタ　そうですよ、お嬢さま、ようやくわかりましたわ。

ドニャ・フランシスカ　よくも平気な顔で嘘がつけたもんよ！　……それもこの私によ、この私に！　……それにしても、まんまと相手の罠に落ちただけの落ち度が私にあったってことかしら？　……ああ、神さま！　私がどんな罪を犯したとおっしゃるのでしょうか？　（リタは明かりを手にとり、二人はドニャ・フランシスカの部屋に入る）

第三幕

第一場

ドン・ディエゴ、シモン

舞台は暗転のままである。テーブルの上には蠟燭《ろうそく》の火が消えた燭台《しょくだい》とツグミの籠が置かれている。シモンは長椅子に横たわり眠っている。

ドン・ディエゴ　(ガウンを身につけ自室から現れる)たとえ眠れなくても、ここだと少しは暑さから身を守れそうだ……しかし、あの部屋ときたら……それにしても大したいびきだな！　……夜明けも近いことだし、このまま眠らせておくとしよう……(シモンが目を覚まし、立ち上がる)どうした、落っこちないよう気をつけるんだな！

シモン　旦那、ここにおられたんですかい？

ドン・ディエゴ　あの部屋は堪えられんので、こっちに出てきたんだ。

シモン　それに引きかえ、手前のほうはお陰さまで、ベッドが多少硬くてもまるで皇帝になったような気分で眠れましたよ。

ドン・ディエゴ　ひどいもんだな！　……それを言うなら、金《かね》も野心も、苦労も後悔もない貧乏人みたいに眠りましたと言うんだな。(54)

シモン　確かに旦那のおっしゃるとおりで……ところで、もう何時になりましたかね？

ドン・ディエゴ　つい今し方サン・フスト教会の時計が鳴ったばかりだが、聞きちがいでなければ三時だよ。

シモン　それなら、あの人たちの旅の道中に拍車がかかっている頃です。

ドン・ディエゴ　そうだな、もうこの町を出ているとは思うが……わしにそう約束してくれたんだし、約束を反故《ほご》にするなんてことはないはずだ。

シモン　でも、あの別れ際のがっかりなさった様子は、ご覧に入れたかったですね。とても悲しそうでしたよ！

ドン・ディエゴ　仕方なかったんだよ。

シモン　わかってますとも。

ドン・ディエゴ　しかし、間が悪いときに訪ねてきたもんさ！

シモン　確かにねぇ。旦那のお許しもなく、旦那に何の連絡もせず、そうかといって急用でもないのに……まあ、とにかく非はあの方にあるわけですから……それでも今回の軽率な行動をお許しになってもいいほど、いろいろと長所を持っておられるようで……つまり、罰をお与えになるのはこれでおしまいってことになさってはどうかと？

ドン・ディエゴ　むろんそのつもりだ、決まってるじゃないか！　引き返してくれただけで充分だ……なにしろ、とんだ一幕だった……だがな、正直なところ、あれが去ったあと、わしの胸が痛んだんだ。（遠くのほうから三度手をたたく音が聞こえ、そのあとすぐに楽器をつま弾く音が響く）あの音は何だろう？

シモン　さあね……通行人じゃないですかね。きっと農夫たちですよ。

ドン・ディエゴ　静かに。

シモン　何か音楽のようです。

ドン・ディエゴ　そうらしいな、せいぜい上手に弾いてくれるといいが。

シモン　それにしても、こんな汚い路地裏で、こんな時刻に楽器をつま弾く哀れな恋人とは、一体どんな男なんでしょうかね？　……断言してもいいですが、ありゃ宿屋の下女に寄せる恋歌ですって、それも相手は醜女《しこめ》のね。

ドン・ディエゴ　なるほど。

シモン　おや、始まりました、ひとつ拝聴するとしましょうか……(55)（奥からソナタが聞こえてくる）なんと、あの床屋のろくでなし、(56)なかなか上手に弾くじゃありませんか。

ドン・ディエゴ　いや、そうじゃないよ。床屋はひげ剃りは達者でも、あれほど上手に弾けっこあるまい。(57)

シモン　ちょっと覗いてみませんか、あの……(58)

ドン・ディエゴ　いや、そっとしておくがいいさ……気の毒な連中じゃないか！　あの音楽にどれほどご執心のことか、誰にもわかるまい！　……わしは他人の邪魔をする気はないよ。（ドニャ・フランシスカとリタが自室から登場。窓のほうに近づく。ドン・ディエゴとシモンは片隅に退き、様子をうかがう）

シモン　旦那！　……さあ、早くこちらへ。

ドン・ディエゴ　何だって言うんだ？

シモン　そっちの寝室の扉が開いて、なにやら女っ気が感じられますんで。

ドン・ディエゴ　そうかい？　……ならば、隅っこへ身をひそめるとしよう。

第二場

ドニャ・フランシスカ、リタ、ドン・ディエゴ、シモン

リタ　気をつけてくださいよ、お嬢さま。

ドニャ・フランシスカ　壁を伝っていけばいいのよね？　（ふたたび楽器を鳴らす音が聞こえてくる）

リタ　ええ、お嬢さま……おや、まだ楽器を奏でる音が……お静かに……

ドニャ・フランシスカ　動かないで……じっとして……まずはあの方かどうかを確認しなきゃ。

リタ　あの方に決まってるじゃありませんか！　……あの合図にまちがいありませんよ。

ドニャ・フランシスカ　しっ、静かに……(59)そうよ、やはりあの方だわ……よかった！　（リタは窓に近づき、ガラス窓を開け、三度手をたたく。すると音楽が鳴りやむ）ほら、答えてくださったわ……嬉しい、吉報よ！　本当にあの方なのね。

シモン　旦那、お聞きになりましたか？

ドン・ディエゴ　ああ、聞こえたとも。
シモン　これはどういうことでしょうかね？
ドン・ディエゴ　ちょっと黙ってろ。
ドニャ・フランシスカ　（窓から外を覗く。リタは彼女の背後に立つ。間《ま》が多少長くなる）私ですよ……先ほどあなたがなさったこと、どう考えればいいのかしら？　……どうして逃げ出そうなどと？　……ねぇ、リタ（いったん窓から離れ、ふたたび窓から顔を出す）、よく見張っといてちょうだい。物音が聞こえたらすぐに私に知らせるのよ……（ドン・カルロスに）永遠のお別れですって？　なんて悲しいことを！　……わかりました、それじゃお投げください……でも、私にはまったく理解できません……ああ、ドン・フェリックス！　あなたはそんな臆病な方ではなかったはずなのに……（舞台奥から手紙が投げ込まれ、窓をとおって舞台上に落ちる。ドニャ・フランシスカが探すも見つからず、また窓から外を覗く）どうにも見つからないわ、確かにこのあたりに落ちたのに……夜明け前に、なぜ私をこんなにまで苦しめるのか、そのわけをお聞かせ願いたいもんですわ！　……直接あなたの口から説明してくださいな。これはあなたのパキータの命令です……あなたは私のものだってことを、どうお考えですの？

私の心はもう破裂しそう……ねぇ、どうなんですの？　（シモンが少し前に進む。鳥籠にぶつかり、下に落とす）

リタ　お嬢さま、人の気配が……さあ、早くあちらへ。

ドニャ・フランシスカ　ああ、どうしよう！　……ちゃんと手引きしてね。

リタ　さあ、行きましょう。（退出しようとしてシモンにぶつかり、二人はドニャ・フランシスカの部屋へ退散する）うわぁ！

ドニャ・フランシスカ　これで万事休す！

第三場

ドン・ディエゴ、シモン

ドン・ディエゴ　何だね、あの大声は？

シモン　幽霊か何かです、退散するときに手前とぶつかったんですよ。

ドン・ディエゴ　そこの窓のあたりへ行って、床に手紙が落ちてやしないか見てみろ……やっかいなことになっちまったぞ！

シモン　（窓の付近の床を手で探りながら）何もありませんや、旦那。
ドン・ディエゴ　よく探してみろ、その辺に落ちてるはずだ。
シモン　通りから投げ込まれたんですかい？
ドン・ディエゴ　そうだ……それにしても恋人とは誰なんだ！　……まだ十六歳の娘で、それも修道院で育ったというのに！　これでわしの夢もついえたも同然だ。
シモン　ありましたよ。（手紙を発見し、ドン・ディエゴに渡す）
ドン・ディエゴ　おまえは明かりをつけに下へおりていろ……厩《うまや》か台所だ……あそこには灯火があるはずだ……すぐに明かりを持って戻ってこい。（シモンは舞台奥の扉から退場）

第四場

ドン・ディエゴ

ドン・ディエゴ　一体誰を責めりゃいいんだ？　（椅子の背にもたれかかる）悪いのはあの娘なのか母親なのか、伯母たちなのか、それともこのわしなのか？　……一体誰に……誰にこの怒りをぶちまけりゃいいんだ、抑えようとすればするほど抑えきれないこの怒りを！　……わしの眼にはあれほどやさしく映っていたというのに！　なんとも心地よい希望を抱かせてくれたもんだよ！　将来の幸せを約束してくれたっていうのに！　……まさか嫉妬？　……このわしが？　……この年になって嫉妬だと！　……恥ずかしい話だ……だが、この胸騒ぎ、この憤り、復讐してやりたいという気持ちは、一体どこから来るんだろうか？　このような思いをどう言い表せばいいんだ？　おや、またしても……（ドニャ・フランシスカの部屋の扉が開く音を耳にし、舞台端に身をひそめる）やはりな。

第五場

リタ、ドン・ディエゴ、シモン

リタ　どうやらいなくなったみたいだわ……（周囲に目を配り、耳を澄まし、窓から外を覗いたあと、床に落ちた手紙を探す）見つかるといいけど！　……そりゃ、手紙にはいいことが書いてあるでしょうけど、ドン・フェリックスさまときたら、海千山千《うみせんやません》のしたたか者なんだから……お嬢さまったらかわいそうに！　このままじゃ死んじゃうわ……通りには犬ころ一匹いやしない……いっそのことあの人たちと知り合いになんかならなきゃよかったのに！　……それよりも例の手紙よ！　……もし見つけられなきゃ、それこそ大変なことに……手紙にはなんて書いてあるんだろう？　……どうせ嘘八百を並べ立ててあるんだろうけどね。

シモン　（明かりを持って登場。リタは驚く）明かりを持ってきましたよ。

リタ　ああ、どうしよう！

ドン・ディエゴ　（彼女に近づき）リタ！　おまえ、ここにいたのかね？

リタ　ええ、旦那さま。と申しますのも……

ドン・ディエゴ　こんな時間に何をしてるんだね？

リタ　捜し物ですが……つまりその……大きな物音が聞こえたもんですから……

シモン　そうなのかい？

リタ　そうですとも……物音ですってば……ご覧ください、旦那さま。（床に落ちている鳥籠を持ち上げ）ツグミの籠です……そうです、この籠にまちがいありません……まあ大変！　死んじまったのかもね……いいえ、ほらまだ生きてます……どこかの猫のせいでしょう、きっとそうですわ。

シモン　確かに、どこかの猫かもな。

リタ　かわいそうに！　おどおどしている様子から、ずいぶんびっくりしたんでしょう！

シモン　そりゃそうさ……猫のやつが引っ掻いたとなりゃな、そうじゃないのかい？

リタ　もしや食べられたかもね。（壁に打たれた釘に鳥籠をかける）

シモン　ドレッシング《ペブレ》(60)もかけず……羽一本残さずにな。

ドン・ディエゴ　その明かりをもらおうか。

リタ　ああ、ちょっとお待ちを。こちらの蠟燭《ろうそく》に火をつけますので。（テーブルの上の蠟燭に火をともす）どなたも起きておられたんですもの……

ドン・ディエゴ　ドニャ・パキータは眠っているのかね？

リタ　ええ、旦那さま。

シモン　鳥籠の音がしたってのに……

ドン・ディエゴ　そろそろ引き上げるとしよう。（自室に入る。シモンは明かりを持って主人のあとに従う）

第六場

ドニャ・フランシスカ、リタ

ドニャ・フランシスカ　手紙は見つかったの？

リタ　まだです、お嬢さま。

ドニャ・フランシスカ　おまえが部屋を出たとき、お二人はまだここにいたのかしら？

リタ　さあ、どうでしょうか。はっきり言えることは、あの下男が明かりをとりに行ったあと、突然魔術にかかったみたいにあの男と旦那さまの挟み撃ちにあったことです。逃げ出すことも言い訳することもできませんでした。（明かりを手にとり、ふたたび窓の近くで手紙を探す）

ドニャ・フランシスカ　あの人たちここにいたのよ……私が窓辺で話しかけていたとき、ずっとここにね……それで手紙のほうはどうなの？

リタ　それが見つからないんですよ、お嬢さま。

ドニャ・フランシスカ　すでにお二人の手に渡ったかもよ。もういいわ……私の不幸にとどめを刺されたも同然だし……相手の手に渡った以上、もう探さなくても結構。

リタ　きっとこのあたりに……

ドニャ・フランシスカ　ああ、頭がどうにかなりそう！（腰をおろす）

リタ　あの方もあの方ですわ、何の説明もなく、一言もおっしゃらないなんて……

ドニャ・フランシスカ　何かおっしゃろうとしたわ、でもね、おまえが危険を知らせてくれたので、私たちは退散せざるをえなかったの……あのときとても怯《おび》えた様子だったし、動揺してたみたいだった！　それで私にこう言ったの、ここを離れなきゃならない理由があの手紙に書いてあるし、万が一会えないときのことを考えて、私に届けてくれそうな信頼できる人に託そうとあの手紙を書いたのだってね。だけど、リタ、何もかも嘘っぱちよ。平気で約束を反故にするようないい加減な男の嘘なのよ……つまりね、ここへ来てみると恋敵がいた、そこでこう言ったのよ、なにも人の邪魔をすることはないし、たかが女一人の肩を持つこともあるまい、世の中には女が大勢いる！　……嫁がせたきゃ嫁がせるがいいさ、おれには失うものなんてない……あの不幸な娘の人生よりもおのれの平穏無事のほうが大事だ……おお神よ、どうかお赦しください！　……あの娘にひどく執心だったことをお赦しください、なんてね。

リタ　まあ、お嬢さま。（ドン・ディエゴの部屋のほうを見やり）出て来られるみたいです。

ドニャ・フランシスカ　かまわないわ、もうほっといて。

リタ　でも、旦那さまにこんなところを見られでもしたら……

ドニャ・フランシスカ　もう何もかも終わったんだから、怖いものなしよ！　……それに私には立ち上がれるだけの気力なんて残ってやしない！　……もうどうだっていいのよ、来られるのなら、いつでもどうぞ。

第七場

ドン・ディエゴ、シモン、ドニャ・フランシスカ、リタ

シモン　事情はよくわかりました。それだけうかがえば充分です。

ドン・ディエゴ　いいかい、おまえが向こうへ行っているあいだ、馬のモロに鞍《くら》をつけさせておけ。それでもし二人が出発したあとだったら、引き返し、その馬に乗って全速力でとばし、やつらに追いつくんだ……それから二人ともここへ連れ戻すんだ

ぞ……さあ行け、時間を無駄にしちゃいかん。（二人がドン・ディエゴの部屋の前で話し終えると、シモンは舞台奥の扉から退場）

シモン　では、行ってまいります。

ドン・ディエゴ　早起きですね、ドニャ・パキータ。

ドニャ・フランシスカ　ええ、旦那さま。

ドン・ディエゴ　ドニャ・イレーネに呼び起こされたのですか？

ドニャ・フランシスカ　いいえ、旦那さま……〔リタに〕おまえは向こうへ行っててよ。お母さまが目を覚まして服を着替えないともかぎらないからね。（リタはドニャ・イレーネの部屋に入る）

第八場

ドン・ディエゴ、ドニャ・フランシスカ

ドン・ディエゴ　昨夜はよく眠れなかったようですな？

ドニャ・フランシスカ　ええ。旦那さまのほうは？

ドン・ディエゴ　同じですよ。

ドニャ・フランシスカ　ひどい暑さでしたからね。

ドン・ディエゴ　なんだか落ち着かない様子ですが？

ドニャ・フランシスカ　ええ、ちょっと。

ドン・ディエゴ　何かよくないことでも？（ドニャ・フランシスカのそばに腰をおろす）

ドニャ・フランシスカ　いいえ、何でもありませんの……ただ、ちょっと……いいえ、何でもないんです……大丈夫ですよ。

ドン・ディエゴ　大丈夫には見えませんがね。その憔悴したお顔に、涙目で不安げな様子……一体どうしたと言うんですか、ドニャ・パキータ？　わしがどれだけ愛しているかおわかりですよね！

ドニャ・フランシスカ　もちろんですわ。

ドン・ディエゴ　だったら、このわしをもっと信じてくれてもいいじゃありませんか！わしはあなたを幸せにしてあげたいと常に願っているんです！

ドニャ・フランシスカ　わかってますとも。

ドン・ディエゴ　あなたには男友だちが一人いますよね、それならなぜその人と胸襟を開いて話し合おうとはしないんですか？

ドニャ・フランシスカ　それを考えると何も言えなくなってしまって。

ドン・ディエゴ　つまり、あなたの悩みの種は、このわしだってことになりますかね。

ドニャ・フランシスカ　いいえ、そうじゃありません。あなたには何の恨みもありません……不平を鳴らす理由がないんですもの。

ドン・ディエゴ　だったら誰に対してです？　……まあ、こっちへいらっしゃい……（彼女に近づいて）ちょうどいい、この際だから腹を割って話し合おうじゃありませんか……本心を聞かせてください。どうやら今回持ちかけられた縁談は、気が進まないようですな、どうです図星じゃありませんか？　もしあなたに選ぶ自由が与えられているとしたら、わしなんぞとは結婚するはずがあるまい！

ドニャ・フランシスカ　あの人ともいたしませんわ。

ドン・ディエゴ　わしよりも親切で、心からあなたを愛してくれて、あなたにふさわしい別の男が現れないなんてはずがありませんよ！

ドニャ・フランシスカ　そんなことあるもんですか。

ドン・ディエゴ　よく考えてみてください。

ドニャ・フランシスカ　いいえ、絶対にありませんから！

ドン・ディエゴ　ということは、これまで送ってきた隔離生活にまだ未練があって、これから先も厳しい修道院の生活を送りたいのだと解釈すべきなのかね？　……

ドニャ・フランシスカ　いいえ、そうじゃありません……そんな風に考えたことは一度もありません。

ドン・ディエゴ　これ以上詮索するつもりはありませんが……今のお話からすれば、深刻な矛盾をはらんでいるようですな。信仰生活がお気に入りではないようですし、わしに対しては文句をつける筋合いはないという、それにわしがあなたに敬意の念を抱いていることも承知だ。ほかの男と結婚しようという了見はないのと、横恋慕の心配も要らないという……にもかかわらず、その涙のわけは一体何なのです？　深い悲しみに暮れなきゃならないわけは何なのですか？　ほんのわずかなあいだに見分けのつかないほど相貌が変わり果ててしまうなんて！　これがわしだけに愛を誓い、数日もしないうちに喜んでわしの妻になる娘の合図だとでも言うんですか？　愛と喜びはこんな風に表すものなんですかね？　（舞台がゆっくりと明るくなり、朝日が昇ろうとしている）

ドニャ・フランシスカ　そこまで信じていただけないなんて、一体私が何をしたとおっしゃるんです？

ドン・ディエゴ　それじゃなんですか、こうしたことを棚に上げ、わしらの結婚の手続きをどんどん進め、あなたのお母さまも認める中、結婚という段になったら……

ドニャ・フランシスカ　そのときは母の言いつけに従い、旦那さまと結婚します。

ドン・ディエゴ　それで、そのあとどうなるんです、パキータ？

ドニャ・フランシスカ　そのあとは……生涯旦那さまの妻として尽くすつもりです。

ドン・ディエゴ　それは信じるとしよう……だけど、死ぬまでわしの伴侶であり友人であると思ってくれるのなら、どうでしょうか、伴侶とか友人という名前の誼《よしみ》で、わしに全幅の信頼を寄せてはもらえませんかね？　あなたの深い悩みの種を聞かせてもらうわけにはいきませんかね？　別に身勝手な好奇心を満たそうというんじゃなくて、あなたを慰め、あなたの運が好転し、あなたに幸せになってもらえるよう、できるかぎり尽力させてもらいたいだけなんです。

ドニャ・フランシスカ　私を幸せにしてくださるですって！　……もう何もかも終わったんです。

ドン・ディエゴ　どういうことですか？

ドニャ・フランシスカ　それは口が裂けても申せません。

ドン・ディエゴ　なぜそこまで頑なに口を閉ざし、黙《だんま》りを決め込むんです？……わしが何も知らないと、あなた自身が高を括《くく》っているだけじゃありませんか。

ドニャ・フランシスカ　ドン・ディエゴさま、もしご存じないのであれば、どうか知ったかぶりをするのはおやめくださいまし。逆に本当に知っていらっしゃるのであれば、これ以上お尋ねにならないでくださいまし。

ドン・ディエゴ　わかりました。あなたの悲しみや涙が恣意的なもので、それ以上言うことがないとなれば、今日にもマドリードに移動し、八日もしないうちにわしらは夫婦になるってことです。

ドニャ・フランシスカ　母も喜ぶと思いますわ。

ドン・ディエゴ　でも、あなたはそうはいきません。

ドニャ・フランシスカ　承知しています。

ドン・ディエゴ　これが教育の成果ってやつですかね。娘を立派に躾《しつ》けるってことなんですよ。すなわち不謹慎にも感情を偽り、無邪気な恋情を悟られないよう、ひた隠すことを教え込むってやつですよ。気持ちを偽り押し黙るよう教育された娘たちのことを、世間では躾がよい娘さんと呼ぶんです。気性や年齢や天分が娘さんの好みを左右しないよう、また娘さんを思いのままに操れる人の気まぐれに合わせて意志を曲げさせるよう、圧力をかけ続けるってことです。娘たちは本音を吐くこと以外は何でも許されています。本心を明かさなければ、また一番望んでいることを嫌っているように見せかけたり、言いつけられるがまま、多くの醜聞の元凶ともいうべき忌まわしく心にもない空返事をしたりすれば、それこそがまさに躾が行き届いていると言えるんです。彼女たちに恐怖と抜け目なさと奴隷の沈黙を吹き込むことが、すぐれた教育ってことなんですよ。

ドニャ・フランシスカ　同感です……おっしゃることはごもっともです……世間が強いるのはそういうことで、学校ではそれを教えられるんです……でも、私の悲しみの原因はもっと重大なんです。

ドン・ディエゴ　それが何であろうと、お嬢さん、元気を出してください……あなたのお母さまが娘さんをそんな風に見ておられるとすれば、何とおっしゃるでしょうね？　……おや、どうやらもうお目覚めのようですな。

ドニャ・フランシスカ　ああ、どうしよう！　……

ドン・ディエゴ　ですから、パキータ、そろそろ気をとり直してみては……諦めちゃいけません……神さまを信じるのです……いいですか、わしらに降りかかる不幸というのは想像するほど酷いものじゃないんです……そこまでとり乱さなくても、そんなに涙を流さなくてもいいじゃありませんか！　ほら、ひとつわしに約束してくれませんかね？　気持ちを落ち着けると……ねぇ、どうです？

ドニャ・フランシスカ　旦那さま……旦那さまは母の気性をよくご存じのはずです。ここで私の味方になってくださらなければ、どなたにおすがりすればよろしいのやら？この哀れな私に同情してくださる人なんていやしませんもの！

ドン・ディエゴ　よき友であるこのわしがいるじゃありませんか……このままあなたを見捨てられるとでも？　……こんな悲しい目にあっているあなたをね！　（彼女の両手をとる）

ドニャ・フランシスカ　本当ですの？

ドン・ディエゴ　まだわしのことがわかっちゃいないようですな。

ドニャ・フランシスカ　よくわかってます。（跪《ひざまず》こうとするが、ドン・ディエゴはこれを押し

とどめ、ともに立ち上がる）

ドン・ディエゴ　何のまねだね？

ドニャ・フランシスカ　よくわかりませんが……私のような恩知らずの女にここまで親切にしてくださるなんて、もったいなくて！　……いいえ、恩知らずというよりは、不幸せと言ったほうが……ああ、ドン・ディエゴさま、本当に不幸せな女です！

ドン・ディエゴ　わしの愛に対して感謝してくれることは、よくわかっています……どうやら、それ以外のこととなると……何と言えばいいのか……わしのほうの過ちということに尽きますな……いわば、あなたに悪意があったわけじゃなし、あなたに罪はありませんよ。

ドニャ・フランシスカ　もうまいりましょうか……旦那さまはいかがなさいます？

ドン・ディエゴ　今は遠慮しておきます、パキータ。もうしばらくしてから行きますので。

ドニャ・フランシスカ　早くお願いしますよ。（ドニャ・イレーネの部屋に行きかけ、引き返してドン・ディエゴの両手にキスをし、二人は別れる）

ドン・ディエゴ　ああ、すぐに行きますとも。

第九場

シモン、ドン・ディエゴ

シモン　旦那、あちらにおいでですよ。

ドン・ディエゴ　で、どうだった？

シモン　手前が城門(61)を出ますと、立ち去っていくあの二人の姿が遠くに見えたもんですから、大声で呼びとめ、ハンカチで合図を送りました。すると、立ち止まってくれましたので、その場に駆けつけ、旦那が命じられたことを甥御さんにお伝えしたところ、手綱を引き直してくださったってわけです。ただ今、下に戻っておられます。だけど、ここへ人が来ないともかぎりませんし、旦那だってほかの人たちに見られるのはお嫌だろうと思い、合図をするまでお上がりにならないようお願いしておきました。

ドン・ディエゴ　それで、わしの言伝《ことづて》を聞いてあれは何と言ったんだ？

シモン　一言もおっしゃらず……打ちひしがれたご様子でした……本当です、何もおっしゃらなかったんですから……見ていてこっちが同情したい気持ちでしたよ……
ドン・ディエゴ　あれのために仲裁は不要だからな。
シモン　手前がですか、旦那？
ドン・ディエゴ　そうだ、まったくおまえの気がしれんよ……同情だと？　……あんなろくでなしに。
シモン　手前には甥御さんが何をしでかしたのかわからないもんですから……
ドン・ディエゴ　わしの寿命を縮めようっていう質《たち》の悪いやつだ……念を押しておくが、仲裁はご無用だからな。
シモン　わかりましたとも、旦那。（舞台奥の扉から退場。ドン・ディエゴはいらいらしながら腹立たしい思いで腰をおろす）
ドン・ディエゴ　おい、あれに上に来るよう言ってくれ。

第十場

ドン・カルロス、ドン・ディエゴ

ドン・ディエゴ　こっちへ来るんだ、遠慮はいらん……わしと別れてから一体今までどこにいたんだね？
ドン・カルロス　町の外にある宿にいました。
ドン・ディエゴ　じゃあ、一晩中そこから出なかったということか？
ドン・カルロス　いや、町には入りましたけど、それに……
ドン・ディエゴ　何か用事でも？　……まあ、座れ。
ドン・カルロス　とある人に会って是非とも話をしようと思いまして……（腰をおろす）
ドン・ディエゴ　是非とも話をだと！
ドン・カルロス　そうです……その人には大変恩義を感じているものですから、サラゴーサへ帰る前にひと目お目にかかっておこうと思いまして。
ドン・ディエゴ　なるほどねぇ。それほどの恩義を感じているのであれば……しかしだな、夜中の三時に訪ねていくってことは、まず常識では考えられんがね……どうして手紙を書かなかったんだ？　……そうそう、ここにあったはずだ……タイミングを見計らってこの手紙を出しておきさえすれば、なにもその人に夜更かしさせたり、他人に迷惑をかけたりすることもなかったはずじゃないか。（先に窓から投げ入れら

れた手紙を手渡すと、ドン・カルロスは思いあたる節があってか、すぐにそれを返して立ち上がり、出て行こうとする）

ドン・カルロス　何もかもお見通しなら、なぜわざわざぼくを呼び戻したんですか？　どうして行かせてくれなかったんですか？　そうすればぼくも叔父さんも不愉快になるような思いをせずにすんだじゃありませんか。

ドン・ディエゴ　わしは今回の件が、どうなっているのか知りたいんだよ、それもおまえの口から直《じか》にな。

ドン・カルロス　これ以上何を知りたいんです？

ドン・ディエゴ　もっと詳しく知りたいから、命令しているんだ。さあ、言って聞かせてくれ！

ドン・カルロス　わかりましたよ。

ドン・ディエゴ　だったら、そこに座れ……（ドン・カルロスは座る）一体どこであの娘と知り合ったんだ？　……この色恋沙汰はどういうことなんだね？　二人のあいだに何があったんだね？　……二人で何か約束でもしたのか？　どこであの娘を見たというんだ？

ドン・カルロス　あれは確か、去年サラゴーサに戻る途中、別に立ち寄るつもりもないまま、グアダラハーラに着いたときのことでした。われわれ一行は主計官の別荘に馬をとめたのですが、どうやらその日は夫人の誕生日だったらしく、是非ともいっしょに過ごして欲しい、翌日には必ず出発させてくれるからと言われたのです。そのとき何人もいた招待客の中にドニャ・パキータがいました。夫人が少しは気晴しになるだろうと、その日修道院から招いたとのことでした……ぼくは彼女を見て何を思ったか覚えていませんが、また会ってみたい、またあの人の声を聞きたい、いっしょにいたい、話がしたい、あの人に好かれてみたい、という妙な気持ち、どうにもならない強い欲望をかき立てられたのです……主計官は話のついでに冗談半分で……ぼくがあの人にべた惚れしていること、名前がドン・フェリックス・デ・トレードだと嘯《うそぶ》いたのです。ぼくとしても、そのことが叔父さんの耳に入ることなく、あの町にしばらく滞在したいと咄嗟に思ったものですから、その嘘に乗ることにしました……そして気づいたことは、ドニャ・パキータがぼくに特別な好意を寄せてくれたことで、その晩別れたあと、あの日招かれた大勢の人たちの中で誰よりもぼくを気に入ってくれたことを思い、うぬぼれの気持ちと希望で胸がいっぱいになったのです……だけど、そんなことをこれ以上語って叔父さんの気分を害するのはぼくの本意じゃありませんから……

ドン・ディエゴ　いや、続けてくれ。

ドン・カルロス　あの人は、マドリードに住み、貧しいけれどもたいそう家柄のよい未亡人の娘さんだということを知りました……こうした恋の計略をめぐらす上で、主計官の友人のところに滞在せざるをえなくなったため、彼を信頼して思いの丈《たけ》を打ち明けないわけにはいきませんでした。これに対して友人は賛成するでもなく反対するでもなく、家族がぼくの滞在を怪しまないよう実に巧妙な策を練ってくれたのです。彼の別荘は町外れにあったものですから、夜になれば容易に町へ出入りが可能でした……ドニャ・パキータには手紙を何通か送り届け、数少ない返事を受けとってからというものは、愛の虜《とりこ》になってしまったってわけです。それも生きているかぎり幸せにはなれない愛にです。

ドン・ディエゴ　そうだったのか……先を続けてくれんか。

ドン・カルロス　ぼくの連れの下男は、叔父さんも知ってのとおり、頭が切れる上に世間を熟知している男ですが、あの手この手で当初直面したいろんな障害を何とかとり除いてくれました……合図は三つ手をたたくことで、これに応えるように修道院の裏庭に面した小窓から、同じく三つ手をたたく音が返ってくるんです。ぼくたちは毎晩人気《ひとけ》のない時刻に、ご想像どおり慎重に、用心深く言葉を交わし合いました……彼女の前では、上官の信頼が篤く名誉ある人物、連隊の士官ドン・フェリックス・デ・トレードという名前で通しました……それ以上のことは語らず、自分の身内のことや将来の希望についても話していません。また、ぼくと結婚すれば、もっと幸せになれるなんて思わせぶりな態度をとった覚えもありません。なぜなら、叔父さんの名前を出すのは不適切だったのと、愛によってではなく打算的なやり方で相手の気を惹き、好意を抱かせるのも嫌だったからです。会うたびにあの人の上品さと美しさは増し、愛されるに値すると思いました……こうしてかれこれ三か月滞在したのですが、とうとう別れのときが訪れました。ある忌まわしい晩のこと、ぼくは彼女に別れを告げると、彼女は絶望のあまり気を失ったのです。それでも、ぼくは愛の虜になったまま、職務を果たすためにその場を立ち去りました。……しばらくは一人になったときの悲しい気持ちを彼女の手紙が慰めてくれたものの、この一両日に受けとった一通の手紙には、母親が娘に縁談を持ち込んだことや、ぼく以外の男とは絶対に結婚したくないという思いが綴《つづ》られていました。そのときぼくは自分自身の誓いの言葉を思い出し、その誓いを守ろうと考えたのです……それから馬に乗り、急いで道を駆け抜け、グアダラハーラに着いたのですが、彼女はすでに発ったあとだったので、こちらへ向かったというわけです……あとのことはご存じのとおりで、わざわざ話す必要もないでしょう……

ドン・ディエゴ　それでここへ来るにあたってどんな作戦を立てたんだ？

ドン・カルロス　あの人を慰め、いまいちど永遠の愛を誓い、マドリードに足を運んで叔父さんに会い、足もとに平伏《ひれふ》し、洗いざらい打ち明けてお願いするつもりでした。もちろんお金だの財産だの支援だのではありません……そうではなく、叔父さんの同意と祝福が欲しかったのです。ぼくたち二人で築き上げてきた幸福の礎《いしずえ》となる、待ちに待った婚礼を実現させるためにね。

ドン・ディエゴ　カルロス、わかっていようが、今となっては考えを一八〇度転換しなきゃならんようだな。

ドン・カルロス　それはそうです。

ドン・ディエゴ　おまえがあの娘を愛している一方で、わしも同様に愛している。あの娘の母親も親戚も今回の結婚には賛成だ。彼女は……おまえにどんな約束をしたのか知らんが……わしには、母親の言いつけに従ってこのわしと結婚する心積もりはできていると言ってくれた。それを聞いてからまだ三十分も経っちゃいない。だから……

ドン・カルロス　でも、それは本心からじゃありません。（立ち上がる）

ドン・ディエゴ　何だと？

ドン・カルロス　それはちがう、そんなはずありません……そんなのは彼女を傷つけるだけです……叔父さんは好きなように婚儀を執り行えばいいでしょう。そうすればあの人は持ち前の貞節さと美徳にふさわしい振る舞いをするでしょう。でも言っておきますが、あの人が愛した人はぼくが最初で、ほかには誰もいません。今でもそうであり、これからもそうでしょう……叔父さんはあの人の夫になるでしょうが、この先ひょんなことで、たまに、いや何度もあの人の美しい両眼から涙があふれ出るのをご覧になったら、それはぼくのために流す涙だと思ってください……でも、そのときは決して悲痛な胸の内を問い質《ただ》してはいけません……その原因はぼくにあるのですから……吐くため息は、抑えようにも抑えられるはずもないが、去って行った若者に手向《たむ》けるやさしさでもあるのです。
ドン・ディエゴ　またなんと大胆なことを！　（憤慨しながら立ち上がり、立ち去ろうとするドン・カルロスに近づく）
ドン・カルロス　だから、言ったじゃありませんか……何かものを言えば叔父さんを傷つけることになるって……でも、こんな不快な話はもうやめにしましょう……どうか幸せになってください、ぼくのことを恨まないでください。叔父さんに嫌な思いをさせるつもりなんてありませんから……叔父さんには従順であり敬服している揺るぎない証拠として、ぼくは今すぐにもここを立ち去ることにします……だから、赦してもらいたいのです、それが自分にとっての唯一の慰めになるんですから。
ドン・ディエゴ　それじゃ本当に行ってしまうのかね？
ドン・カルロス　ええ、すぐにも……今度はいつお会いできるかわかりません。
ドン・ディエゴ　と言うと？
ドン・カルロス　この先ずっとあの人に会わないほうがいいと思いまして……巷《ちまた》のうわさじゃ、次の戦争が始まるようですが、もしそれが現実のものにでもなれば……そのときは……

ドン・ディエゴ　どういう意味だね？　（ドン・カルロスの片腕をとり、身近に引き寄せる）

ドン・カルロス　いや、別に……軍人ですから戦争は待ち望むところです。

ドン・ディエゴ　カルロス！　……なんて恐ろしいことを！　……わしにそんなことを言うとは、良心が咎《とが》めないのかい？

ドン・カルロス　おや、人の気配が……（落ち着かない様子でドニャ・イレーネの部屋を見やり、ドン・ディエゴから離れて舞台奥の出入り口から退出しようとする。ドン・ディエゴは甥のあとを追って引きとめようとする）たぶんあの人です……では、ごきげんよう。

ドン・ディエゴ　どこへ行くつもりだ？　……だめだ、行っちゃいかん。

ドン・カルロス　そうはいきません……あの人から離れなくちゃ……もし一度でも眼を合わせるようなことにでもなれば、叔父さんにとって大きな悩みの種となるでしょうから。

ドン・ディエゴ　行っちゃいかんと言ったはずだ……とにかく、そっちの部屋に入っていてくれんか。

ドン・カルロス　だけど、もしも……

ドン・ディエゴ　わしの言うとおりにしてくれ。（ドン・カルロスはドン・ディエゴの部屋に

入る）

第十一場

ドニャ・イレーネ、ドン・ディエゴ

ドニャ・イレーネ　ドン・ディエゴさま、そろそろお出かけの時間でしょうかね？

ドン・ディエゴ　（じっとしていられずに歩きまわる）ええ、祈りたい気分でして。……おはようございます……（テーブルの上の明かりを消す）お祈りですか？

ドニャ・イレーネ　よろしければ、そろそろチョコレートを運んできてもらいましょうかね。それから急いで馬車の用意をさせるよう馭者に言いつけてもらいましょう……それにしても一体どうなさったんです？　……何か変わったことでも？

ドン・ディエゴ　ええ、いろいろとありましてね。

ドニャ・イレーネ　一体何があったというのです？　……おっしゃってくださいな……さあ、さあ！　……こう見えても結構気を揉んでいるんですから……こうして不意に何かが起こりますと、気が動転してしまって、それに……最後の出産は難産でして、そのときからずっと物事に神経が過敏になってしまいましてね……まだ二十年は経っていませんが、もう十九年も前のことになりますかね。それからというもの、どんな些細なことにも、心が乱れてしまうんです……入浴療法も蛇の煮汁もタマリンドのシロップ[62]も、まったく効き目がありませんでした。ですから……

ドン・ディエゴ　まあまあ、今は難産がどうのシロップがどうのって話はよそうじゃありませんか……ほかにもっと大事な話があるっていうのに……娘さんたちは何をしているんです？

ドニャ・イレーネ　荷造りをちゃんとして出発が遅れないよう、衣類を片づけたり、櫃《ひつ》に詰め込んだりしてますわ。

ドン・ディエゴ　それは結構、とにかくおかけください……これからお話しすることに対して（二人は腰をおろす）どうか驚いたり、かっとなったりしちゃいけませんよ。よろしいですか、肝心なときに理性を失わないでくださいよ……あなたの娘さんには好きな人がいます……

ドニャ・イレーネ　それについては何度もお伝えしたはずですが！　もちろん娘は恋をしています。そのことはすでにお伝えしましたので、それで充分かと。と言いますのも……

ドン・ディエゴ　人の言うことにいちいち口を挟む悪い癖かと思われますが、少しわしに話をさせてもらえませんかね！

ドニャ・イレーネ　なるほど、わかりました。それじゃお話しください。

ドン・ディエゴ　娘さんは、恋はしてるんですが、相手はこのわしじゃありません。

ドニャ・イレーネ　何ですって？

ドン・ディエゴ　お聞きのとおりです。

ドニャ・イレーネ　誰がそのようなでたらめを旦那さまに吹き込んだんですか？

ドン・ディエゴ　誰にも吹き込まれちゃいませんよ。この目でちゃんと確かめてわかったことですから、風聞なんかじゃありません。あなたにお話しするということは、事実かどうかを確認したうえでのことです……おやまあ、なぜ泣いておられるんですか？

ドニャ・イレーネ　（涙を流しながら）情けないったらありゃしない！

ドン・ディエゴ　なぜそんな風に？

ドニャ・イレーネ　世間は私のことを独りぼっちで貧乏だと思っているんです。なにせ哀れな後家ですから、周りの人たちは私のことを軽蔑し、煙たがっているんです。

ドン・ディエゴ　ドニャ・イレーネさん……

ドニャ・イレーネ　この年で持病を抱え込んでいる私を、まるでがらくた同然、薄汚れた腫れ物に触るみたいに扱うなんて……言ってみれば、誰が旦那さまのおっしゃることを信じるもんですか！　……ああ神さま！　……亡くなった三人の亭主が生きていてくれさえしたらねぇ！　……せめて一番あとの亭主だけでも生きていてくれたら、あの人は蛇のように気性の激しい人でしたからね[63]……

ドン・ディエゴ　いいですか、奥さん、わしはもう我慢がなりません。

ドニャ・イレーネ　あの人に口答えしようものなら、間髪を入れず地獄の烈火のごとく怒り出したもんですよ。あれはコルプスの祝日でしたか、些細なことが原因だったかと思うんですが、軍の総監をひどく殴りつけたことがありましてね。あのときカルメル修道会の二人の神父さまが中に割って入ってくださったおかげで、サンタ・クルス広場[64]の回廊の柱に相手をたたきつけずにすんだものです。

ドン・ディエゴ　どうなんですか、これからお話しすることに耳を貸さないおつもりですか？

ドニャ・イレーネ　いいえ、とんでもありません。よくわかっております、そこまで愚かじゃありませんから……旦那さまはもう娘のことがお嫌いになられたんです、ですから義務から逃れたい一心で何らかの口実を探しておられるんですよ……ああ、かわいそうな娘、私の宝物！

ドン・ディエゴ　どうか見当ちがいなことで口を挟まずに、黙ってわしの話を聞いてください。事情がおわかりになったうえで、涙を流すなり、嘆き悲しむなり、叫ぶなり、お好きにどうぞ。言いたいように言えばいいんです……しかし、しばらくのあいだは、お願いですからこれ以上わしをかりかりさせないでもらいたい。

ドニャ・イレーネ　それなら腹蔵なく何でもおっしゃってください。

ドン・ディエゴ　また泣かれたりするのはご免ですからね……

ドニャ・イレーネ　大丈夫です、泣いたりはしませんから。（ハンカチで涙を拭う）

ドン・ディエゴ　わかりました。もうかれこれ一年にもなりますが、ドニャ・パキータには恋人がいるんです。彼らはこれまでに何度も言葉を交わし合い、手紙のやりとりもしてきました。お互いに愛情、貞節、誠意を誓い合った仲ってことです……今では二人の愛も深まり、いかなる困難や別離もこの固い絆《きずな》を弱めるどころか、実際

本の豆知識

●活版印刷術の創始者●
グーテンベルクってどんな人？

Johannes Gensfleisch zur Laden zum G. 1394(-99)～1468. ドイツの印刷術創始者．マインツに生まれ．シュトラースブルクに赴き，印刷機の開発に従事．鋳型によって活字を鋳造し，プレス印刷機を考案した．マインツに帰った後，事業家のフストと印刷所を作り，42行聖書《グーテンベルク聖書》を組んで一躍有名になった．この活字はさらに免罪符の印刷にも用いられた．彼の印刷術発明は，古今における発明の最大のものの一つである．

にはより堅固なものにしてしまったのです。そう考えますと……

ドニャ・イレーネ　旦那さま、何もかも私たちのことをよく思っていない心ない人たちの陰口だってことをご存じないいんですか？

ドン・ディエゴ　また同じことを言うようですが……いいですかね、陰口なんかじゃないんですよ。しつこいようですが、わしにはわかるんです。

ドニャ・イレーネ　旦那さまは何をご存じだとおっしゃるんですか？　それが本当だという証拠がどこにあるんです？　私がお腹《なか》を痛めて産んだ娘は修道院から一歩も出(65)ずに、敬虔な聖女たちとともに復活祭後の七回の金曜日には断食してたんですよ！あの子は世の中のことに疎く、世間で言われるようにまだ卵からかえっちゃいないんです！　……それにどうやら旦那さまはシルクンシシオンの気性をご存じないようで……姪が少しでも不謹慎な行動に出れば、絶対に赦さない人なんですから！

ドン・ディエゴ　不謹慎がどうのこうのという話じゃありませんよ、ドニャ・イレーネさん。わしらはまったく気づきませんでしたけど、今は娘さんの誠実な愛情のことを言ってるんです。娘さんはとても貞淑な女性で、過ちなど犯すはずがないじゃありませんか……わしが言いたいのは、修道女のシルクンシシオンもソレダーもカンデラリアも、ほかの修道女たちも、あなたも、そして誰よりも先にこのわしが、重大な過ちを犯していたってことですよ。娘さんが結婚したいのは別の若者で、このわしじゃないんです……つまり、わしらは後手にまわったってことなんですよ。あなたは娘さんの意思を軽んじておいでになったようですな……こうなると、わしが結婚したところで何の意味もありません！　この手紙をお読みください。そうすれば今言っていることが本当かどうかおわかりになるはずです。（ドン・カルロスの手紙をとり出し、ドニャ・イレーネに渡す。彼女は読もうともせず、ひどく興奮し立ち上がる。自分の部屋の扉に近づき、娘を呼ぶ。ドン・ディエゴは立ち上がり、彼女をとめようとするが徒労に終わる）

ドニャ・イレーネ　もう気が変になりそうだわ！　……フランシスキータ！　……トレメダールの聖母さま！　……リタ！　フランシスカ！

ドン・ディエゴ　なぜ呼びつけるんです？

ドニャ・イレーネ　そりゃ、ここへ来てもらい、がっかりするでしょうが、旦那さまがどういうお方なのか知ってもらうためですわ。

ドン・ディエゴ　すべての原因はあなたにあるんですよ……女の判断に委ねると往々に

してこういうことが起きるんですから。

第十二場

ドニャ・フランシスカ、リタ、ドニャ・イレーネ、ドン・ディエゴ

リタ　はい、奥さま！

ドニャ・フランシスカ　何かご用でも？

ドニャ・イレーネ　ええ、おおありよ。ドン・ディエゴさまが私たちに対して、とても我慢できないような態度をおとりになるもんだからね。それで、おまえに恋人がいるって聞かされたんだけど？　その人ともう結婚の約束でもしたの？　この騒ぎは一体どういうことなの？　……それからリタ、この性悪女め……おまえだって知ってたはずよね……絶対に知ってたと思うわ……それで一体誰がこの手紙を書いてよこしたの？　何て書いてあるの？　（広げた紙片をドニャ・フランシスカに渡す）

リタ　（ドニャ・フランシスカに耳打ちする）あの方の字ですよ。

ドニャ・フランシスカ　まあ、なんてひどいことを！　……ドン・ディエゴさま、お約束

をお守りくださるんじゃなかったのですか？

ドン・ディエゴ　誓ってもいいが、わしには責任はありませんよ……さあ、こっちへ来なさい。（ドニャ・フランシスカの手をとり、自分の横に座らせる）怖がることはありませんからね……奥さんのほうは黙ってお聞きください、わしを激怒させるまねはならないように……さあ、その手紙をこちらへ……（彼女から手紙をとり）パキータ、今夜の三度手をたたく合図のこと、まだ覚えていますよね。

ドニャ・フランシスカ　一生忘れることはないと思います。

ドン・ディエゴ　これが窓から投げ込まれた手紙です……今も言ったように怖がらなくても大丈夫。（手紙を読む）「愛する人へ。あなたとお話しすることがかないませんので、せめてこの手紙があなたの手もとに届きますように。あなたと別れてから、すぐに宿でぼくの敵と見なしてきた人物に出会いました。その人に会って、自分がなぜ悲しみで息絶えなかったのか不思議でなりません。その人から即刻この町から退去するよう命じられたものですから、命令に従わざるをえませんでした。実を言うと、ぼくの本名はドン・カルロスで、ドン・フェリックスというのは偽りです。ドン・ディエゴはぼくの叔父にあたる人です。どうか幸せになってください。この不幸せな友を永久に忘れてください。カルロス・デ・ウルビーナより」

ドニャ・イレーネ　なるほど、そういうこと？

ドニャ・フランシスカ　悲しいわ！

ドニャ・イレーネ　旦那さまのおっしゃったことは本当なの？　不謹慎にもほどがあるじゃないの！　これからどうするか覚えておくがいい。（怒り心頭に発し、ドニャ・フランシスカのほうへ歩み寄り、今にも殴りかかろうとする。リタとドン・ディエゴがそれを制止する）

ドニャ・フランシスカ　お母さま！　……赦してください！

ドニャ・イレーネ　いいえ、絶対に生かしちゃおかないから。

ドン・ディエゴ　狂気の沙汰じゃないか！

ドニャ・イレーネ　おまえを殺してやる！

第十三場

ドン・カルロス、ドン・ディエゴ、ドニャ・イレーネ、ドニャ・フランシスカ、リタ
ドン・カルロスが慌てて部屋から出てくる。ドニャ・フランシスカの片腕をとり、舞台奥へ連れて行き、彼女を守るかのようにその前に立ちはだかる。ドニャ・イレーネは驚いて思わず後ずさりする。

ドン・カルロス　いいですか……誰にも手出しはさせませんからね。

ドニャ・フランシスカ　カルロス！

ドン・カルロス　(ドン・ディエゴに)こんな大それた振る舞いを赦してください……この人が侮辱されるのを見て、どうにも我慢がならなかったんです。

ドニャ・イレーネ　一体何事ですか？　それにあなたは？　……何をなさってるんですの？　……まったく言語道断ですわ！

ドン・ディエゴ　言語道断というのは見当ちがいもはなはだしい……お嬢さんが恋をし

ている相手じゃありませんか……ここで二人を引き離せば、二人を殺すことになります……カルロス……かまわんから、その娘さんを抱きしめてやりなさい。（ドン・カルロスとドニャ・フランシスカは抱き合い、そのあとでドン・ディエゴの足下に跪く）

ドニャ・イレーネ　あなたの甥御さんとはねぇ！

ドン・ディエゴ　そうです、わしの甥っ子なんですよ。手をたたいて合図を送ったり、歌を奏でたり、手紙を送ったりと、これまで経験したこともないような恐ろしい夜を味わわせてくれた張本人です……おまえたち、そりゃ何のまねだね？　何をしているんだね？

ドニャ・フランシスカ　旦那さまは私たちのことをお赦しくださるんですか、二人をいっしょにしてくださるんですか？

ドン・ディエゴ　もちろんだとも。愛しい人よ……当然のことです。（やさしく二人を立ち上がらせる）

ドニャ・フランシスカ　旦那さまはご自分を犠牲になさるおつもりなんでしょうか？

ドン・ディエゴ　わしにはこの二人を永遠に別れさせ、このやさしい娘さんとともに安穏な暮らしをしようと思えばできたんだが、どうにも良心が咎めてね……カルロス、パキータ！　……今回は苦渋の決断をしたものの、わしには精神的衝撃が大きすぎたよ！　……なにしろ、哀れな弱い人間だからな。

ドン・カルロス　（叔父の両手にキスしながら）ぼくたちの愛と感謝の思いが、傷ついた叔父さんを慰められるのなら……

ドニャ・イレーネ　おやさしい方ですこと、ドン・カルロス！　そういうことでしたか……

ドン・ディエゴ　甥っ子と娘さんは熱烈に愛し合っていたわけで、あなたや伯母さん方は勝手に空中楼閣を築き、このわしに儚《はかな》く消え去ってしまうような夢をやまほど見せてくれたってわけですよ……こうなったのも若い人たちを苦しめるような親の権限や抑圧に原因があるにもかかわらず、両親や後見人たちはこれをまちがいのない証《あかし》だとするもんですから、娘たちの空返事をどうしても鵜呑みにしてしまうことになるんです……わしは偶然にも自分の過ちに気づかせてもらったものの……気づくのが遅れたなんてことにでもなれば、いい面の皮ですからね！

ドニャ・イレーネ　あなたたちに神さまの祝福がありますように、そして末永くお幸せに……さあ、こっちへいらっしゃい、お若いあなた方にご挨拶を。（ドン・カルロスを抱擁する。ドニャ・フランシスカは跪き、母親の手にキスをする）ねえ、フランシスキータ、本当にいい人を選んだわね！　……なかなかの男振りじゃないの……肌が褐色で、それにうっとりとした眼差しをしている。

リタ　奥さま、よく言い聞かせてくださいまし。お嬢さまはそのことにお気づきじゃないようですから……さあ、お嬢さま、思う存分に祝福のキスをさせてくださいな。

（二人は互いに頬にキスをし合う）

ドニャ・フランシスカ　こんな嬉しいことってあるかしら！　……おまえはいつも私のことを大切に思ってくれてたんだもの！　……これからもずっとお友だちでいてね。

ドン・ディエゴ　ああ、美しいパキータ、（ドニャ・フランシスカを抱きしめ）これから父親になるわしに最初の抱擁をさせておくれ……これでもう晩年を脅かしていた恐ろしい恐怖ともおさらばだな……おまえたちは（ドニャ・フランシスカとドン・カルロスの手をとりながら）わしの無上の喜びだよ。二人の愛の結晶……そうだとも……これはだな、選択の余地はないのだが、わしへの賜物だよ。いつかわしの両腕で赤ん坊をあやすときがくれば、わしはきっとこう言うだろう、「この無邪気な赤ん坊が生をうけたのもこのわしのおかげだ。その子の両親が生きていて幸せだというのなら、それもこのわしのおかげだ」とな。

ドン・カルロス　なんともありがたいことです！

ドン・ディエゴ　おまえたちに神の祝福がありますように。

――幕――

新作喜劇

はしがき①

『新作喜劇』はスペイン演劇の現状を忠実に伝えるものですが（初版〔一七九二年〕の「プロローグ」にはそう書かれています）、登場人物や言及する事柄については、本人を描出するのにその写しに必要な元の姿をそのまま描いているわけではありません。作者は、物語を構成するうえでも登場人物を選択するうえでも、普遍的な意味で本来の姿を模倣することに努め、いろいろなタイプの人間から一人を選び出しているだけです」。〔一七九六年の〕パルマ版に付された「プロローグ」によれば、「数々の的外れな劇作品、粗悪なサイネーテ、破廉恥で馬鹿げたトナディーリャ②を舞台に掛けてきた多くの無知な作家からドン・エレウテリオという人物が、多くの知ったかぶりをする不愉快な女性からはドニャ・アグスティーナという人物が、そして何もかも知っていると自惚《うぬぼ》れている饒舌な、カールしたカツラをつけた多くの衒学者《ペダンテ》からはドン・エルモヘネスという人物が創り出されました。また、道徳論、怒りに満ちた独白、凄まじい空腹、閲兵、数々の戦い、嵐、爆弾の炸裂や煙などが詰まった数多くのどうしようもないファルサ〔笑劇〕からは『ウィーン大包囲』が生まれました。したがって、そのような人物や作品は実際には存在しないのです」。

事実、ドン・エレウテリオは当世の三文文士の象徴であり、彼が書いたとされる劇作品は、当時マドリードの各劇場で上演されていた常軌を逸するような内容で構成された想像上の怪物です。かりにカニサーレス、アニョルベあるいはサモーラ(3)の的外れなところが物笑いの種にされたとしたら、もはや自己修正も自己弁護もできない劇作家を難詰したところで無駄というものでありましょう。この作品のこだわりともいえる時と場所の一致という規則ですが、〔ドン・エレウテリオが〕模倣した元の作品の姿形が変わったり消滅したりすることで、観客の評判を一部落とすことは必定です。しかしながら時代の流れとともに、一七八〇年以降の二十年間わが国における演劇事情がどういうものであったかを知りたいと願う人々にとっては、評価に値することでしょう。この先、『新作喜劇』が舞台にかからなくなるような時代が来るのはまちがいないでしょうが(というのも、喜劇のジャンルにおいて観客が享受できるものといえば、劇空間に描き出される現行の悪癖と過ちぐらいですから)、そうは言うものの文学史上においては金字塔を打ち建てるにちがいありません。このジャンルでは唯一の、そしておそらく博学の士の好評につながるものと思われます。

当該作品の上演を手がけることになっていたリベーラ一座で、劇作家が台本を読んだあと、マルティーネス一座の熱狂的ファンが動揺し始めたことがありました。そのため喜劇役者、楽士、劇作家たちが総出で共通の主張をしたのです。すなわち、この作品の上演によって自分たちの信用ががた落ちになるのではないか、配当収入がなくなるのではないか、と恐れたのです。この芝居は長いサイネーテだの、おもしろ味のない対話だの、諷刺だの、周知のための誹謗文だのといった風評が流れました。こうした状況下において、政府に対し上演の禁止を求める積極的な異議申し立てが行われたのです。調査に加わったのは、カスティーリャ諮問会議の議長、マドリードの王室代理官、教皇代理といった権力機関の面々でした。五度の検閲の末、作品は誹謗文ではなく、演劇改革にとても有益な効果をもたらす、劇芸術を意識した作品であるとの結論が出されました。そこで役者たちは特別に細心の注意を払って台本を読み、とうとう上演の日が近づいたのです。以前、つまらない対話だと決めつけた者たちは、自分たちが考えるほど観客は駄作だと思わないかもしれないと恐れをなし、仲間たちを大勢集めて、初演の折に作品の息の根を止めてしまおうと企みました。そして一七九二年二月七日、プリンシペ劇場での上演の運びとなりました。

観客は演目に釘づけとなり、唯一劇の進行を止めたのは彼らの拍手喝采でした。口笛で野次ろうとしていた輩《やから》には、そのようなことをする機会すらありませんでした。ドン・セラピオが語る無知な俗衆についての件《くだり》が、自分たちの姿と重なって見えたとき、彼らの絶望はピークに達したのです。だが無知な民衆といえども、当時は劇作品の価値や役者の評価を高く買うのも、逆に信用を失墜させるのも彼らでしたし、演劇を思いのまま支配し、劇空間に示された手立てをとおして俗衆の耳目を惹くよう励んでいる劇作家をひいきにしたのも彼らでした。立ち見席（平土間《パティオ》）に陣どる輩は、はらわたが煮えくり返る思いで苦々しい教訓を耳にすることになりました。なぜなら、それを聞き入れるのに往生際が悪いのは誰なのか先刻予測できたからです。それ以外の観客は、多くの苛立った者たちを黙らせるのに一役買いました。そのときから役者たちは意気込み、成功は確実であることを肌で感じとったのです。第二幕第八場でドン・エレウテリオが発する台詞「連中ときたら悪辣にもほどがある！　おそらく傑作を観たことがない連中ですな！」を、当の役者がまさに意味ありげな表情で言い当てると、観客の大半が（それらの台詞はそのときの状況にぴったりでしたので）拍手喝采を送り、芝居を中断させたほどでした。陰謀を企てた者たちの群れは希望を失い、腰砕けとなってしまいました。その日、芝居に対してなされた全体的な評価は、作者の期待に充分応えるものであったと思います。

ドン・ペドロ役を務めたマヌエル・トーレスは要求どおり気品のある表現をし、その演技は傑出していました。ドニャ・マリキータ役のファナ・ガルシーアの演技は総じて好評であり、申し分のないものでしたし、他の役者たちの仕事のよき手本ともなりました。ポロニア・ロチェールは、自惚れが強くて愚かなドニャ・アグスティーナ役を的確にこなしました。すぐれた役者マリアーノ・ケロールは、模倣可能な数多くの人物の中からドン・エルモヘネスという完璧な衒学者を演じきりました。マヌエル・ガルシーア・パーラは、ドン・エレウテリオ役を演じることで観客を大いに興奮させました。声、表情、所作、服装、どれをとっても役柄にうってつけであったため、役作りそのものが自然に思われたほどでした。

登場人物

ドン・エレウテリオ（若き劇作家）
ドニャ・アグスティーナ（劇作家の妻）
ドニャ・マリキータ（劇作家の妹）
ドン・エルモヘネス（学者ぶる人）
ドン・ペドロ
ドン・アントニオ
ドン・セラピオ（劇の愛好家）
ピピー（給仕）

舞台はマドリードのとあるカフェ、すぐそばに劇場がある。

室内にはテーブルや椅子が並べられ、コーヒーを飲むカウンターもある。舞台奥には扉があり、その奥には上の住居に通じる階段が見える。舞台の片側には扉があり、出入り口となっている。

物語は午後四時に始まり六時に終わる。

第一幕

第一場

ドン・アントニオ、ピピー

ドン・アントニオがテーブルのそばに腰かけ、ピピーが歩きまわっている。

ドン・アントニオ　これじゃ天井が落ちそうだよ。おい、ピピー。

ピピー　何か？

ドン・アントニオ　上の連中は何なんだい！　うるさいったらありゃしないぜ！　頭がおかしいんじゃないのかい？

ピピー　いいえ、詩人の集まりです。

ドン・アントニオ　詩人だって？

ピピー　ええ、あの人たちにあやかりたいもんで。羨ましいかぎりですよ。ボルドー産の赤ワインや上等なシェリー酒やマラスキーノ酒④なんかで派手に酒盛りをやってるんですからね。

ドン・アントニオ　だが、なぜあんな馬鹿騒ぎを？

ピピー　よくわかりませんが、何やらあの連中の誰かが書いた新作喜劇が今日これから上演されるらしくて、そのための祝杯だとか。

ドン・アントニオ　それで宴会ってわけか。忌々しいにもほどがある。

ピピー　じゃあ、旦那はご存じなかったんですかい？

ドン・アントニオ　知らなかったよ。

ピピー　そこの新聞に広告が載ってますけど。

ドン・アントニオ　なるほど、これだな。（テーブルの上にある新聞に目を通し）『ウィーン大包囲』という新作喜劇だな。信じられないよ。一都市を包囲する芝居とはな、まったく詩人連中は悪魔と同じさ。なぁ、ピピー、愚かな詩人にくらべりゃカフェで働く若者のほうがよほど値打ちがあるってもんだ！

ピピー　でもね、旦那、本当はおれだって何か書けたら、そんな嬉しいことはないですよ……

ドン・アントニオ　どういう意味だい？

ピピー　詩を書くってことです……何しろ詩が好きなもんで。

ドン・アントニオ　よい詩というのは称讃に値するが、近頃はほんの一握りの者を除けば、詩作を心得ている者などほとんどいやしないんだ。

ピピー　いや、そうじゃありませんて。上の連中が詩芸術に精通してるってことは周知の事実でして。なにしろ、これまで連中の口からは何行もの詩が飛び出したんですから！　そこには女連中もいます。

ドン・アントニオ　何だって、女性陣の口からも詩が？

ピピー　なんでも、あちらには新作喜劇の作者の女房ドニャ・アグスティーナって方がいましてね……お聞きになってみれば、そりゃもう！　……十行詩《デシマ》を二つ三つ拵《こしら》えるのは朝飯前なんですから……それに引きかえ、もう一人の女のほうは食卓を囲むあいだ、ドン・エルモヘネスと戯れたり、パンくずをかつらにかけてふざけたりする程度でしたけどね。

ドン・アントニオ　ドン・エルモヘネスが上にいるのかい？　学者気どりもはなはだしいぜ！

ピピー　彼女が戯れてたのはその男です。それで周囲から、「マリキータ、コプラ⑤を一つ作ってくれ、頼むよ」と言われても、恥ずかしがり屋のふりをするばかりで、みんなが試作を始めるようけしかけても無駄でした。十行詩にとりかかりはしたけど、韻を踏むための子音が見つからないとか言って、結局は完成しませんでした。ところが、彼女の義姉にあたるドニャ・アグスティーナときたら……まったくの別人でした！　あの凄さ……あれはインスピレーションが湧くっていいますか……

ドン・アントニオ　確かに。それで、今しがた突拍子もない大声で歌を歌ってたのは誰なんだい？

ピピー　ドン・セラピオのことですね。

ドン・アントニオ　何をしている男なんだ？　職業は？

ピピー　旦那、あの方はね……ドン・セラピオって言いまして。

ドン・アントニオ　なるほど。あの手の人間は女優たちに目配せしたり、彼女たちが輿《こし》に乗ってそばを通ると甘いものを投げてやったり、毎日のようにどの劇団が人気を博していたのか知ろうとしたり、はたまた朝起きてから寝床につくまで、夏のあいだの公演や役者の衣装、それに日当以外にも劇団の収益に与《あずか》ろうとする三文役者のことをしきりに口にしたりするお節介だよ。

ピピー　そのとおりで、熱心な芝居愛好家です。ここへは欠かさず朝食をとりにやって来ては、彼の話を楽しみにしている床屋たちと口論します。それからヘスス地区へ行き、笑ったり、ポーチのところでタバコを吸ったりします。ドン・セラピオは午後の一時まで彼らをあちこち連れまわしたあとで別れを告げ、プロンプターといっしょに昼食をとるんです。

ドン・アントニオ　そのドン・セラピオっていう男は劇作家の友人なのかい？

ピピー　なんたって無二の親友ですからね！　それに詩人の妹ドニャ・マリキータとドン・エルモヘネスの結婚をお膳立てしたのもあの方です。

ドン・アントニオ　何だって？　ドン・エルモヘネスが結婚するだと？

ピピー　そうなんですよ！　もっとも男のほうは素寒貧《すかんぴん》で、劇作家《ポエタ》としても文無しなんで、まだ式は挙げちゃいません。だけど、ドン・セラピオが言うには、劇の上演によって入ってくる金《かね》や出版による収入によって、二人の住む家が賄《まかな》えるだろうし、かなりの額に膨れあがったドン・エルモヘネスの借金も返済できるだろうってね。

ドン・アントニオ　借金は想像つくが、もしも出し物が不評に終わり、その結果懐《ふところ》に金が入らず、本にしても売れなきゃ、そのときはどうするつもりなんだろう？

ピピー　さあ、そのときはどうするんでしょうかね？　でも、旦那、ドン・セラピオに言わせりゃ、あれほどの名作は見たことがないとか。

ドン・アントニオ　ドン・セラピオがそう言うのであれば心配はなかろう。まちがいなく金は入ってくるさ。あの男とプロンプターはちゃんとツボを押さえているし、作品の良し悪しを見抜く力は持っている。

ピピー　同感ですが、ただ時折……その、我慢がならないってこともあるんです。昨日のことですが、まったく、やつらを棒で叩きのめしてやりたいくらいでしたよ。カフェに三、四人の連中がやって来て、ポンチを飲みながら、よせばいいのに芝居の話を始めたんです。話の内容は覚えちゃいませんが、なんでも連中にしてみりゃ、芝居なんかにいいところはなく、どの劇作家も、役者も、衣装も音楽も演技もなっちゃいないとか。さんざん悪たれ口をたたき、芸術だの、道徳だのって繰り返し言ってましたね……特に、あの何とかってのは……何でしたっけ？　……ええっと、あれは何と言ってましたっけ？　……き、き、規則⑥……規則って一体何なんです？

ドン・アントニオ　うまく説明できないが、外国人とりわけフランス人にとっちゃ重宝な規則らしいな。

ピピー　なるほど、思ったとおりで。スペインの代物じゃないんですね。

ドン・アントニオ　そのとおりだ。わが国でも適用されているが、規則にしたがって脚本を書いた者は数えるほどしかいない。できるだけ多く見積もっても六作にも満たない程度だ。

ピピー　まったくそのとおりで。その規則ってやつですよ。そう、そこなんです。昨今の芝居には規則ってものがないんです。

ドン・アントニオ　ああ、おまえの言うとおりだ。九分九厘規則がないってことを断言してもいい。

ピピー　そのうえ毎日、世に送り出される出し物にしても規則とは無縁のものです。そうですよね、旦那？

ドン・アントニオ　そうだとも。そんなものは必要ないんだよ！　そもそも芝居を作るのに規則なんてありえないよ。

ピピー　まったく同感です。今日の芝居が当たるといいんですが。近頃、善良なドン・エレウテリオは次々に作品を書き上げてます。なぜなら、あの方は「ぼくが日給を支払って役者どもとの契約をまとめることができさえすりゃなあ……」って言ってましたからね。どうです、旦那、稼ぎがよくなり安定すれば充分仕事は可能ですからねぇ……

ドン・アントニオ　確かにな。（傍白）それにしても単純な男だ！

ピピー　そうなりゃすらすら書きますって。毎月二、三作は舞台にかけるでしょうね……なにしろ、有能な方ですから。

ドン・アントニオ　才能があるってことだな？

ピピー　もちろん！　あの老け役を演じる一座の補佐役に気に入られてたんですから。その男に決定権でもあれば、手持ちの四、五作を舞台にかけてもらえたはずだったんですが、他の者たちがそうはさせませんでした。ご存じのとおり、そういう連中が金を払うわけですからね。彼らの言い分は「気に入らない」の一言で、まったくどうしようもありませんや！　なにせ、芝居の良し悪しに精通しているわけですから、認めてもらうしか方法はありません……そうじゃありませんか？

ドン・アントニオ　そりゃ、そうだ。

ピピー　でもまあ、ドン・エレウテリオにとっちゃ初めての上演となりますが、きっと成功すると思いますよ。

ドン・アントニオ　初演なのかい？

ピピー　ええ。まだ若いですが、考えてみれば……四、五年前には街角の宝くじ売り場で写字の仕事をし、かなりの収入を得ていたようで。その後は小姓として働いていたんですが、思うに仕えていた主人を亡くしたみたいでして。だけど、その前に密かに小間使いの女と結婚していて、子供が二人いたようです。そしてさらに数人子供が授かりましたが、仕事も実入りもなく、親戚や持ち物すらありません。そこで詩人になろうと心に決め、それを実行に移したとのことです。

ドン・アントニオ　そりゃ結構なことだ。

ピピー　当然ですよ。あの人が言うには「詩神がおれに息を吹きかけてくだされば、一切れのパンを手に入れ、かわいい子供たちを養えるし、道が開けるまでは細々と暮らすこともできるんだ」ってね。

第二場

ドン・ペドロ、ドン・アントニオ、ピピー

ドン・ペドロ　コーヒーだ。（ドン・ペドロはドン・アントニオから離れたテーブルに腰をおろす。ピピーはコーヒーを注《つ》ぐ）

ピピー　すぐにお持ちします。

ドン・アントニオ　さっきからこっちを見ようともしない。

ピピー　ミルクをお使いになりますか？

ドン・ペドロ　いや、結構だ。

ピピー　（テーブルを離れる際に、ドン・アントニオに向かって）あの方は？

ドン・アントニオ　ドン・ペドロ・デ・アギラールだよ。金持ちで寛大、評判が高く、豊かな才能の持ち主だ。ただ、真人間で融通がきかず頑固ときてるんで、友人でないものにとっちゃ非社交的なんだ。

ピピー　ここで何度かお見かけしてますが、決して口を開こうとはせず、いつも不機嫌ですよ。

第 三 場

ドン・セラピオ、ドン・エレウテリオ、ドン・ペドロ、ドン・アントニオ、ピピー

ドン・セラピオ　せっかくなのにもう退散ですか？　（二人は階段を降りて舞台奥の扉から登場）

ドン・エレウテリオ　だから言ったじゃありませんか。ぼくの芝居と同時上演されるというトナディーリャなんて、やじられるのが関の山ですよ。ぼくがその手の作品を書き上げて、明日にも上演していただきましょう。

ドン・セラピオ　明日ですって？　明日歌わせるおつもりですかね、まだ曲も歌詞もできちゃいないっていうのに！

ドン・エレウテリオ　お急ぎであれば、今日の午後にでも上演できるようにしますけど。なあに、問題ありませんよ！　導入部に八行か十行ほどの詩を用い、観客の気を惹き静かにしてもらえば大丈夫です。それに続いて、コプリーリャ(7)を少しばかり挟み

ます。内容は盗人《ぬすっと》の商人や恋文の仲介をする床屋の話題、月のものが止まった少女の話、ポーチのところで叩きのめされた士官候補生の話、たがいに誤解するシーンを四つほど盛り込めばよろしいかと。それから最後に、嵐、カナリア、羊飼いの娘、小川などをうたったセギディーリャ⑧をもってくれば完成です。音楽については周知のとおり、どの踊りにでもあるようなリズムで、あちこち適当にメロディーをつければそれでよしと。⑨もう出来上がりって寸法ですよ。

ドン・セラピオ それにしてもお見事ですな。もう全部筋書きができたようなものじゃないですか!

ドン・エレウテリオ 完成するかどうか見物です。すぐにも仕上げますので、上でお待ちください。(ドン・エレウテリオは舞台奥のテーブルに腰かけ、紙とインクをとり出し、書き始める)

ドン・セラピオ じゃ、私は失敬しますよ……

ドン・エレウテリオ ええ、どうぞ、どうぞ。酒がもっとご入り用なら、ウエイターに持って上がらせますので。

ドン・セラピオ そうですな、切らさないよう小瓶を二本ほど持ってきていただこうか。

ピピー！

ピピー　何か？

ドン・セラピオ　ちょっと耳を貸せ。（ドン・セラピオはこっそりピピーに話しかけ、舞台奥の扉から出て行く。ピピーは棚から小瓶を持ち出し、同じように退出する）

ドン・アントニオ　ご機嫌いかがですか、ドン・ペドロ？　（ドン・アントニオはドン・ペドロのそばに行き、腰をおろす）

ドン・ペドロ　これは、これはドン・アントニオ！　気がつきませんでした。こちらはお陰さまでなんとか。

ドン・アントニオ　この時間にいらっしゃるとは、珍しいですね？

ドン・ペドロ　おっしゃるとおり。昼食をこの近辺ですませたのですが、食事が終わる頃になって、字もろくに読めないような二人の作家が口論を始めましてな。あまりにも的外れなことばかり言うもんで嫌気がさし、出てきたってわけです。

ドン・アントニオ　あなたのような変わり者を見てると、王都《コルテ》のど真ん中で生活を強いられている隠者のように見えてならないのですが。

ドン・ペドロ　いや、それはちがいますな。劇場に足を運ぶこと、散歩をすること、人々の娯楽に加わることにおいちゃ、誰にも負けちゃいませんよ。研鑽を積む一方で、娯楽も嗜《たしな》みます。友人はごくわずかですが、素晴らしい友人に恵まれています。毎日幸せな一時《ひととき》を過ごせるのも彼らのおかげです。特別に人が集まるところでは、ときには変わり者であって、ご期待にそえないかもしれませんが、わしにはどうしようもありませんよ！　嘘をつくのは嫌ですし、ごまかしなんて利きませんからな。腹蔵のないところを率直に伝えることが、善良な人間のもっともな証《あかし》じゃないでしょうかね。⑩

ドン・アントニオ　そうはおっしゃいますが、相手にとって真実があまりにも酷な場合、どうなさるんです？

ドン・ペドロ　そのときは何も言いませんよ。

ドン・アントニオ　それが相手に不審を抱かせるようであれば？

ドン・ペドロ　そのときは退散します。

ドン・アントニオ　いつもすんなりと退散ってわけには……

ドン・ペドロ　そうなりゃ真実を述べるまでです。

ドン・アントニオ　ここいらでは何度となくあなたの噂を耳にしました。誰もが口をそろえてあなたの才能、教養、実直なお人柄に敬意を払っていますが、その無愛想な態度が腑に落ちないようです。

ドン・ペドロ　どうしてですか？　別にカフェに来て説教するわけじゃあるまいし、午前中に読んだものをその晩にご披露するわけでもあるまい。それに何人もの衒学的な輩《やから》がやるように、口角泡を飛ばし、馬鹿みたいに学識をひけらかすのもごめんです。なにしろ、連中ときたらここへ来て日がな一日無駄な時間を過ごし、愚かな者たちの称讃や理性ある殿方の笑いを求めるんですからな。そういう意味じゃ、わしは気むずかしく変わり者なんでしょうな。だが、かまうもんですか。思慮深い人間はカフェなんぞで声を張り上げておしゃべりすべきじゃないという自分なりの信条を守り続けたいもんですよ。

ドン・アントニオ　でしたら、どうすべきだと？

ドン・ペドロ　コーヒーを飲むんですな。

ドン・アントニオ　さすが！　ところで話は変わりますが、今日の午後のご予定は？

ドン・ペドロ　芝居見物ですよ。

ドン・アントニオ　新作を観に行かれるようですね。

ドン・ペドロ　ええっ、演目が変わりましたか？　それなら、やめておきます。

ドン・アントニオ　なぜです？　珍しい出し物をご覧になってはいかがですか？　（ピピーが盆にグラスと小瓶を乗せて舞台奥の扉から現れ、カウンターの上に置く）

ドン・ペドロ　わけを知りたいようですな。それは簡単なことですよ。毎年上演される新作劇のリストを見れば、今日の午後の演目など観る必要はないと察しがつくからです。

ドン・エレウテリオ　やれやれ！　どうやらぼくの作品のことらしい。（二人の会話に耳を傾ける）

ドン・アントニオ　要するに傑作か駄作かってことです。よければ称讃され尊敬もされるが、逆にくだらない舞台であれば、笑ってはもらえるでしょうが、一時《いっとき》の楽しみに過ぎず、おそらくは……

ドン・ペドロ　おそらく、わしなら、許されるものなら帽子や杖や椅子を舞台に投げ込みたいという衝動に駆られるでしょうな。あなたにとっては愉快でしょうが、わしにとっては腹立たしいばかりです。（ドン・エレウテリオは紙とインクをしまい、二人のほうへ歩み寄り、両者のあいだに立つ）わしにはわからんのですが、あなたには才能があり、文学的な事項でまちがいを犯さないための知識もおありなのに、その反面駄作をことごとく贔屓《ひいき》にする根っからの保護者でもあります。価値ある作品の美点をよくご存じで称讃なさる一方で、いかにもでたらめで非常識な作品をも同じように誉め称えておられる。さんざん皮肉や冷やかしの言葉、当てこすりを言っておいて、どうしようもない愚か者に驚異的な天才だと思い込ませてしまう。おわかりのように、愉快な芝居だとおっしゃる。しかしねぇ……

ドン・アントニオ　おっしゃるとおりです。事実、愉快なんですから。でも、こういうことも考えられませんか、当人の幸せがおのれの無知に支えられているような人たちに、不快な思いをさせ、失望に陥れるのは残酷なことだと。そういう人たちに納得してもらおうなんて無理ですよ！　……

ドン・エレウテリオ　お話の途中で申し訳ありませんが、そのとおりです。ただ、今日の午後の出し物はまちがいなく素晴らしいです。観劇にお出かけになってはいかがですか、満足していただけること請け合いです。

ドン・アントニオ　この人、劇作家なのかい？（ドン・アントニオは立ち上がり、ピピーに小声で問いかけたあと、今度はドン・エレウテリオに話しかける）

ピピー　そうです。
ドン・アントニオ　どなたの作品かご存じですか？
ドン・エレウテリオ　ええ、生まれも育ちもよく、勤勉で、機知に富んだ作家でして、芝居の世界に入ったばかりなんです。でも、いかんせん、彼にはまだ後押しがないもんで。
ドン・ペドロ　その男にとって今回が初演ということなら嘆くには及ぶまい。傑作であれば気に入ってもらえるだろうし、わが国のように啓蒙派の政府なら、文学の発展を有益だと国民が思っていることぐらい知っています。むずかしい分野で傑出した才能ある人間ならまちがいなく表彰されますよ(11)。
ドン・エレウテリオ　それはよろしいのですが、当の本人は支払われることになっている一五ドブロンで満足しなきゃいけないんです、もっとも芝居が当たればの話ですが。そして感謝されておしまいってわけです。
ドン・アントニオ　一五ですって？　二五ドブロンはもらえるものと思ってましたが。
ドン・エレウテリオ　とんでもない、夏場はそれ以上の額は無理ですね。冬場ともなれば話は別でしょうけど……

ドン・アントニオ　凍てつくような寒さになりゃ、芝居の値打ちが上がるって言うんですか？　それじゃ鯛の相場と同じじゃありませんか。（ドン・アントニオは室内を歩きまわる。ドン・エレウテリオはドン・ペドロに声をかけたり近づいたりするものの返事はなく、振り向いてももらえない。そこでふたたびドン・アントニオの動きに合わせて、歩いたり立ち止まったりしながら彼と話をする。まるで舞台上での鬼ごっこのようである）

ドン・エレウテリオ　よろしいですか、報酬がほんのわずかであっても、劇作家はその報酬のために劇団が必要とするどのような公演もうまくこなそうと折り合うものなんですが、周囲の妬みが激しくてね。こちらの作家がいいという連中もいれば、あちらがいいという連中もいるので、座長など発言権を有する役者たちの機嫌を損ねないよう秘策を練らなきゃならないんです……そう、これは大事なことなんです！　それから劇作家の数が多いうえ、各人が自分たちの流儀を持ち出すもんですから、そこに欲望が渦巻き、報酬がどうの減額がどうのって話になってしまう。そう言えば、たった今ガリシアから来たという学生が、手荷物用の袋に手書きの原稿を一杯詰め込んでいましたよ。中味は喜劇やフォリヤ、サルスエラ、ドラマ、メロドラマ、ロア、サイネーテと、多彩でしたね(12)……とにかくいろんなジャンルの作品がわんさと詰め込まれていますよ！　それで役者たちに一つ残らず買ってくれるよう頼みまくっています、一作あたりおよそ三〇〇レアルでね。どうです、もうおわかりでしょ！　あのような安値で作品を売買されちゃ、太刀打ちできっこありませんよ！

ドン・アントニオ　まったく同感です。あのガリシア出身の学生は、マドリードの劇作家に弊害を及ぼしかねませんな。

ドン・エレウテリオ　看過できませんよ。ご存じのように物価が高いですからね。

ドン・アントニオ　確かに。

ドン・エレウテリオ　仕立ての悪い服でさえ値が張る。

ドン・アントニオ　まったくです。

ドン・エレウテリオ　部屋代もね。

ドン・アントニオ　そうそう、部屋代もです。情け容赦のない家主ばかりです。

ドン・エレウテリオ　家族でもいりゃ大変ですから。

ドン・アントニオ　ごもっとも、家族がいりゃ、ぞっとしますよ。

ドン・エレウテリオ　なにしろ、煮込み料理に使う牛や羊の胃袋の断片が六切れにパン半分で事足りる、あの質《たち》の悪い学生と張り合わなきゃならないんですから。

ドン・アントニオ　仕方ないでしょう！　こうなりゃ仕事に打ち込む以外にありませんて。よい作品を書き、安値で売って上演してもらい、観客をあっと言わせることで、そのガリシア人を打ち負かす以外にありませんよ。いずれにせよ、今夜の出し物は傑作なので、思うに……

ドン・エレウテリオ　もう読まれたのですか？

ドン・アントニオ　いや、まだです。

ドン・ペドロ　出版されたのかね？

ドン・エレウテリオ　もちろん、出版されて当然でしょう！

ドン・ペドロ　残念ですな、直接舞台上で観客の判断を仰いでいないとなれば、危険きわまりないですな。とりわけ新人作家にとっては過信というものです。

ドン・アントニオ　何をおっしゃいます！　ちがいますって、旦那、はっきり言って傑作なんですから。それで、どこに売ってるんです？

ドン・エレウテリオ　『日刊新聞』が置かれている売店で売られてますし、ペレス書店、イスキエルド書店、ヒル書店、スリータ書店、それに劇場入口の切符売り場でも売ってます。ほかにも販売している店として、ペレス通りにある酒屋、マンチャ通りにある薬草店、ロボ通りの石鹼屋、それから……

ドン・ペドロ　そんなに並べ立てられると日が暮れちまいますよ！

ドン・エレウテリオ　お尋ねになったもんですから。

ドン・ペドロ　しかし、そこまで並べ立てろなんて言っちゃいませんよ。なにせ、せっかちな性分なもんでね！

ドン・アントニオ　でしたら、買うしかありませんよ。

ピピー　二レアルの持ち金さえありゃ、手に入れると誓ってもいいんですがねぇ！

ドン・エレウテリオ　本はぼくが持ってます。（刊行された喜劇をとり出し、ドン・アントニオに手渡す）

ドン・アントニオ　なんと、この本ですか！　どれどれ、おや、作者名が記されている。こりゃいいですね。これだと後世の人々が作者の名前を調べるのにさんざん調べ歩くこともないですしね。（ドン・アントニオは声を出して読む）「作者ドン・エレウテリオ・クリスピン・デ・アンドーラ……登場人物はレオポルド皇帝、ポロニア王、王の執事フェデリーコ、全員盛装している。その背後には貴族の面々、貴婦人たち、騎馬隊を従えている」。なんとも壮大な入場だ！　皇帝の台詞は次のとおりです。

皆の者、知ってのとおり
トルコが軍隊を送り
ウィーンを包囲して以来
二か月になろうとしている。
そこで敵に抗戦するにあたり
威風堂々と意気込みを示し
猛勇をふるって戦うのだ、
度重なる敵との交戦が
負け知らずの武将である
明確な証となるはずだ。
こりゃすごいぞ、大した言い草だ！　うまく筆を走らせたもんですよ！
胃の腑を満たすには
兵糧不足なのは
重々承知のうえ、
それゆえ士気を鼓舞しようと

ネズミにカエル
汚らわしい虫まで口にした⑬。

ドン・エレウテリオ　出来具合はどうでしょうかね？　（ドン・ペドロに話しかける）

ドン・ペドロ　まあ、そりゃその……

ドン・エレウテリオ　お気に召したようで嬉しいです。でも、それだけじゃありませんよ。二幕の出だしにはここぞという見どころも含まれています。旦那ご自身でお探しください……見つかるはずですから。貴婦人が空腹で命を落とす場面なんですがね。

ドン・アントニオ　命を落とすですって？

ドン・エレウテリオ　そうです、死ぬんですよ。

ドン・アントニオ　なんと滑稽な！　それじゃ、ここで彼女が発する罵声は誰に対してですかね？

ドン・エレウテリオ　トルコの大臣に対してです。なぜって、彼女はやつの愛人になるのを拒み、六日間も絶食させられたんですから。

ドン・アントニオ　哀れだな！　なるほど、この大臣は粗野な人間にちがいあるまい。

ドン・エレウテリオ　そのとおり。

ドン・アントニオ　血の気が多いってことですかね。
ドン・エレウテリオ　そういうことです。
ドン・アントニオ　淫蕩で好色、おまけに醜男《ぶおとこ》ときている。
ドン・エレウテリオ　確かに。
ドン・アントニオ　背が高く、色黒で、いくぶん斜視、堂々とした口髭を蓄えています。
ドン・エレウテリオ　そうですとも。ぼくの想像とぴったり一致します。
ドン・アントニオ　極悪非道だな！　だけど、むろん貴婦人だって黙っちゃいません。
こてんぱんに相手を打ちのめすって寸法ですよ！　まあ、お聞きください。
ドン・ペドロ　いや、もう読まなくても結構。
ドン・エレウテリオ　ここは作品でも最も迫力のある場面の一つなんですから。
ドン・ペドロ　そうでしょうけど。
ドン・エレウテリオ　激情に満ちています。
ドン・ペドロ　なるほど。
ドン・エレウテリオ　うまく韻文化されています。
ドン・ペドロ　それは問題じゃありませんな。

ドン・エレウテリオ　主役の女性が名演技を見せれば、観客は盛り上がりますからね。
ドン・ペドロ　もういいかげんにしてくれませんか……
ドン・アントニオ　でも、少なくとも二幕の終わりはお聞きいただかないと。（ドン・アントニオは読み続け、読み終わると台本をドン・エレウテリオに渡す）

皇帝　わしの不安を……
大臣　私の希望を……
執事　敵どもが……
皇帝　　　　つきとめるまでは……
大臣　　　　　　達成するまでは……
執事　　　　　　　　倒れるまでは……
皇帝　恨む気持ちよ、煽るがよい……
大臣　忍耐よ、持ちこたえよ……
執事　勇気よ、わが右腕となれ……
全員　祖国の称讃の的となれ
　　　最も勇ましいこの作戦が

最も並外れたこの功績が[14]

ドン・ペドロ　そんなでたらめな内容に我慢できる者などいやしませんて。（辛抱しきれずに立ち去ろうとする）

ドン・エレウテリオ　でたらめだとおっしゃるんですか？

ドン・ペドロ　ちがうのかね？　（ドン・アントニオは二人の様子を注意深く見てから笑い出す）

ドン・エレウテリオ　なんてことですか、あんまりじゃありませんか！　でたらめとは！　作品を読んでくれた聡明な人たちは断じてそんな風な言い方はしません。実に不愉快です。でたらめだなんて！　毎日劇場で見られる光景は一つだけ、観客は満足し熱狂的に拍手するってことです。

ドン・ペドロ　文化的な国家を象徴するのがその出し物ですか？

ドン・エレウテリオ　まったく、腹立たしい言い草だ！　でたらめだなんて！

ドン・ペドロ　こういうのが刊行されれば、われわれスペイン人は外国人に愚弄されることになるんですよ！

ドン・エレウテリオ　皇帝と大臣と執事とのかけ合いをでたらめなどとは！　この人たちは何が目的なんだ！　今の世の中、何かものを書くといつも批判の矢面に立たされる。でたらめとはね！　気をつけなきゃ、まったく！　……
ピピー　気にすることなんかありませんや。
ドン・エレウテリオ　（ピピーとこの場の最後まで会話を続ける）別に気にしちゃいないが、あんな言い方には腹が立つ。いいかい、結末は極めて自然で、工夫を凝らした場景になってるんだ。皇帝は自分の暗殺について書かれた、宛名も署名もない文書が床に落ちているのを発見し、恐怖におののき、大臣は裏切り者であるシュトラムバンガウム伯の娘マルガリータの美しさをわが物にしようと躍起《やっき》になるんだ……
ピピー　お静かに！　裏切り者もいるんですね！　個人的には裏切り者が登場する戯曲は大好きですよ！
ドン・エレウテリオ　つまり、なんだよ、大臣は彼女にご執心で、執事は善良な人間のうちの一人だが、物事がうまくいっていない。なぜなら、伯爵が自分から職を奪おうと画策し、絶えず国王に陰口を触れまわっていることを知っているからだ。この三人の銘々が自分のことにかまけ、それについて話をするわけだから、これほど自然なかたちはほかにないはずだ。（作品をとり上げ、読む）
皇帝　わしの不安を……

大臣　私の希望を……

執事　敵どもが……

あっ、ちょうどいいときにドン・エルモヘネスさんがお見えだ！（作品をしまい、舞台奥の扉から登場するドン・エルモヘネスに歩み寄る）

第四場

ドン・エルモヘネス、ドン・エレウテリオ、ドン・ペドロ、ドン・アントニオ、ピピー

ドン・エルモヘネス　こんにちは、皆さん。

ドン・ペドロ　これはこれは。（ドン・ペドロは新聞が置かれたテーブルに近づき、黙って読む。時折周囲の人たちの話に耳を傾ける）

ドン・アントニオ　やあ、ドン・エルモヘネス。

ドン・エレウテリオ　おっと、ドン・エルモヘネス氏なら、この問題に的確な判断を下してくれるはずですよ。彼の学識、記者としての経験、フランス語の翻訳、文芸活動、とりわけ他人の作品を批評する際の正確さと几帳面さは誰もが認めるところですか

ら、ぼくとしてはご意見を伺いたくて……

ドン・エルモヘネス　ドン・エレウテリオ、どうやら勘ちがいしておられるようですね。そういうお褒めの言葉は私にはあてはまりません。あなたは若くして学問を究めたようで、あなたこそがそのような称讃に値するお人です。あなたの才能、それも昨今の最も魅力的な才能、豊富な博識、そして上品な趣味で詩作する腕前……

ドン・エレウテリオ　何をおっしゃいます、もうおやめください。

ドン・エルモヘネス　あなたの素直さと節度……

ドン・エレウテリオ　わかりました。ぼくが伺いたいのは……

ドン・エルモヘネス　そのような素晴らしい素質がおありなら、絶讃されること請け合いですよ。

ドン・エレウテリオ　そうでしょうね。でも、今日上演されることになっている劇が果たして駄作かどうか、腹蔵のないところをお聞かせ願いたいのです。

ドン・エルモヘネス　駄作ですって？　誰がそのように判断したのですか？

ドン・エレウテリオ　それはよろしいのですが、ぼくが知りたいのはほかでもない、あなたのご意見です。

ドン・エルモヘネス　では、言わせてもらいます。しかしその前に、劇詩の筋には二種類あることを知っておく必要があります。アリストテレスが述べたように、「筋には、単一なものと複合的なものがある」ってことです。ギリシア語でわかりやすく言えば「エイシ・デ・トン・ミトン・オイ・メン・アプロイ・オイ・デ・ペプレグメノイ。カイ・ガル・アイ・プラクセイス……」⑮

ドン・エレウテリオ　何ですか、もう……

ドン・アントニオ　腹が捩《よじ》れるくらいおかしいや。（必死で笑いをこらえながら腰をおろす）

ドン・エルモヘネス　カイ・ガル・アイ・プラクセイス・オン・ミメセイス・オイ……

ドン・エレウテリオ　あの……

ドン・エルモヘネス　ミトイ・エイシン・イパルコウシン。

ドン・エレウテリオ　そういうことを伺ってるんじゃないんです。

ドン・エルモヘネス　では、話を戻しましょうか。だが、より理解を深めるためにも、導入部《プロタシス》、展開部《エピタシス》、山場《カタスタシス》、結末《カタストロフェ》、どんでん返し《ペリペシア》、正体判明《アグニシオン》、認知《アナグノリシス》⑯など、評論家が精通している知識について説明しておく必要があるかと。良質の芝居にはどれも欠かせない要素で、スカリゲル、ヴォシウス、ダキエル、マルモンテル、カステルヴェトロ、ダニエル・ヘインシウスによれば⑰……

ドン・エレウテリオ　確かに称讃に値しますが……

ドン・ペドロ　この男は気が触れているらしい。

ドン・エルモヘネス　演劇の起源を考えるのであれば、おそらくメガラの住人たち、シシリアの人々、アテネの市民が……

ドン・エレウテリオ　お願いです、ドン・エルモヘネス、でなきゃ……

ドン・エルモヘネス　ギリシアの戯曲をご覧になれば、きっとアナクシペ、アナクサンドリデ、エウポリス、アンティファネ、フィリピデ、クラティヌス、クラテス、エピクラテ、メネクラテ、フェレクラテが……

ドン・エレウテリオ　もうたくさんです……

ドン・エルモヘネス　過去の世に、名だたる劇作家たちは異口同音《ネミネ・ディスクレパンテ》に、必然的に導入部が結末に優先すべきだとの考えに賛同していました。それを踏まえて『ウィーン大包囲』が……

ドン・ペドロ　わしはこれで失敬する。（出口のほうへ向かう。ドン・アントニオは立ち上がり、押しとどめる）

ドン・アントニオ　もうお帰りですか、ドン・ペドロ？

ドン・ペドロ　あなた以外に、こんな話に涼しい顔で耳を傾ける者なんていやしませんよ！

ドン・アントニオ　しかしですよ、⑱友人のドン・エルモヘネスはヒッポクラテスやマルティン・ルターの威信にかけて、前述の芝居が決してでたらめではないことを明らかにしようとしてるんです……

ドン・エルモヘネス　そうですとも。当の劇作品が変則的で馬鹿げているという劇評なんて、知性も判断力もないやつらの戯言《たわごと》にすぎないってことを証明したいのです。その場に私がいれば、誰にもあのような暴言なんか吐かせなかったのに。

ドン・ペドロ　それなら直《じか》にお話ししましょう。その作品を読んだ結果からして、またあなたが作品を保証するとなれば、忌まわしいことだと言わざるを得まい。作者は節操も才能もありませんし、あなたは見かけ倒しの知識をお持ちで、どうしようもなく自惚れが強く、不快な人ですな。ということで、失敬する。（退出しようとして振り返る）

ドン・エレウテリオ　しかし、（ドン・アントニオを指しながら）この人にとっては読後の印象がとてもよかったみたいでしてね。

ドン・ペドロ　いや、むしろ逆だと思いますがね。彼にはユーモアのセンスがあり、気晴らしがお好きなようで。才能というよりは自惚れまたは必要に迫られて書かれた、的外れでぞっとするような芝居を舞台に掛け、俗衆を愚かにしてしまうあの手の書き物を見ていると実に心が痛みます。わしは今回の作品の作者名も、どんな人物なのかも知りませんが、もしあなた方がその作家のお友だちだとおっしゃるのなら、いかにもそう見えますが、どうかその方を思いやり、戯《ざ》れごとなんぞ書かぬよう忠告してあげることですな。何しろ今回のものが処女作であれば、まだ間に合います。また、請負仕事でおかしなことを書く輩の悪しき例に騙されてはなりません。家族がおありならば、実直を旨とする仕事に携わることで、必要なときに手を差しのべ、家族を護ってあげるという別の選択肢もあるはずです。スペイン演劇界には、次々と駄作を供給するへぼ作家があまりにも多すぎることや、あらゆる面で根本から演劇改革が必要であることを知らせるべきですな。改革が実現しないうちは、才能あるスペイン人作家たちは何も書かないか、あるいは文才に恵まれていることを証明できる範囲内で書くしかないでしょう、そしてそのあげく筆を執りたくなくなるってことも、伝えてあげるべきですな。
ドン・エルモヘネス　セネカはうまく言ったもんです。書簡一八によれば……
ドン・ペドロ　セネカの書簡のどれを読んでも、あなたは鼻持ちならない愚かな衒学者だってことです。それじゃ、おいとまするとしよう。

第五場

ドン・アントニオ、ドン・エレウテリオ、ドン・エルモヘネス、ピピー

ドン・エルモヘネス　私が衒学者ですって？（ドン・ペドロが立ち去った扉のほうを向きながら。ドン・エレウテリオは落ち着かない様子で歩きまわる）とんでもありません、これまでに法律の最も厄介な箇所について、ギリシア語、ラテン語の序文《プロルシオン》を七つも書いたっていうのに！
ドン・エレウテリオ　あの人の解釈にすぎませんて、なにしろ第二幕の結末が拙《つたな》いって言うんですからね！
ドン・エルモヘネス　衒学者はあの男のほうですよ。

ドン・エレウテリオ　少なくとも二週間は上演される予定の作品をああいう風に評するなんて！ [19] でも、もし雨でも降り出したら……

ドン・エルモヘネス　私は法律を修め、教授職を志願し、学士院会員でもあります。ピオス村 [20] のラテン語教師の口なんぞ歯牙にもかけちゃいないんだから。

ドン・アントニオ　ドン・エルモヘネスさん、あなたの功績を疑う者などいやしませんよ。でも、この件はもう終わりにしましょう、別にかっかするような問題じゃありませんので。

ドン・エレウテリオ　あの男がどう思おうが、芝居は観客に受けると思います。

ドン・アントニオ　そりゃ、そうですよ。これからあの男を引きとめ、否が応《ヴェリス・ノリス》でも芝居を観てもらい、ぎゃふんと言わせたいもんです。

ドン・エレウテリオ　そりゃ、いい考えだ。ぜひお願いしますよ。

ドン・アントニオ　狂気の沙汰にもほどがある。

第六場

ドン・エルモヘネス、ドン・エレウテリオ、ピピー

ドン・エレウテリオ　出し物が忌まわしいとは！　なんて口さがない連中でしょうかね！

ドン・エルモヘネス　鷲《アクィラ・ノン・カピット・ムスカス》はハエを狩らない、というラテン語の諺がありますが、ドン・エレウテリオ、つまり気になさらないことです。功績の陰には他人の妬みはつきものですからね。私とて同じですよ、多少の物知りだということでね……

ドン・エレウテリオ　なるほど！

ドン・エルモヘネス　いわば、自慢じゃありませんが、ほんの数えるほどしかいやしないでしょうね……

ドン・エレウテリオ　いませんね。あなたのような完璧な物知りなんて一人もいやしませんん。

ドン・エルモヘネス　才能と学識、執着心と思考を併せ持つ人なんてほとんどいない中で、自惚れるわけではありませんが、私なんかはそうした要素を併せ持っているんです。

ドン・エレウテリオ　それについては議論の余地はありません。お天道さまの光よりも明らかです。

ドン・エルモヘネス　ですが、それでも私のことを衒学者、軽薄、四足獣《しそくじゅう》などと呼ぶ連中がいるんですからね。昨日あたりでしたか、プエルタ・デル・ソルで四、五十人の人たちを前にそのようなことを言われました。

ドン・エレウテリオ　無礼な！　それでどうなさったんです？

ドン・エルモヘネス　偉大な哲学者の言動に倣ったまでです。黙し、粉タバコの香りを楽しみ、(21)それからミサを聞きにソレダー教会へ行きました。

ドン・エレウテリオ　妬みですよ、それ以外に考えられません。ところで、上へ行きましょうか？

ドン・エルモヘネス　もちろんですとも、どうか元気を出してください。拍手喝采まちがいありませんて……でも、一つ伺いますが、作品に見合った一五ドブロン金貨の支払いはともかく、少なくとも前金で一オンス、支払ってはもらえなかったのですか？

ドン・エレウテリオ　びた一文もらってやしません。知ってのとおり興行主が作品をすんなり受け入れてくれないという問題がありまして。それで作品の良し悪しを見極めるまで報酬は受けとらないことに双方で合意したんです。

ドン・エルモヘネス　なんて心の歪んだ連中なんだ！　それもよりによってこの私が大変なときに。それに比べるとティトゥス・リウィウス(22)はうまく言ったもんです……

ドン・エレウテリオ　どういう意味ですか？

ドン・エルモヘネス　あの粗野な家主が……私の知っている一番無知な家主ですが、この一年半ほど家賃を滞納したところ、私を軽蔑し、脅し始めましてね……

ドン・エレウテリオ　嘆き悲しむには及びませんよ。明日あるいは近々にでも支払ってもらえるかと……そうすりゃ、あの悪党に支払うことができるし、宿屋に多少なりともつけが溜まっていれば、同じように……

ドン・エルモヘネス　ええ、まあ、ほんのわずかばかりね。

ドン・エレウテリオ　結構じゃないですか。印刷の分については少なくとも四〇〇〇レアルは懐《ふところ》に入ってくる予定です。

ドン・エルモヘネス　少なくともね。売り切れになること請け合いですよ。（ピピーは正面の出入り口から退場）

ドン・エレウテリオ　それだけの額ですと貧窮を脱するには充分です。椅子やベッドや他の家具類など、新しい部屋の仕立て直しもできますからね。あなたの結婚式もですよ。マリキータはご存じのとおり勤勉で働き者ですし、一端《いっぱし》の女です。二人でぼくの家にずっと住んでもらってもかまいません。ぼくはこれから他の四作の可能性を探ってみます。今日の芝居が当たれば興行主たちも喜んで採用してくれるでしょう。ぼくに金が入り、それらを出版すれば売れるってことです。その間にもまた別の何作かを完成させ、さらに何作かの構想も練るつもりです。だから、心配ありませんよ。あなただって今日か明日のうちに仕事が見つかるはずです。主計局の仕事とか、教授職とか、大使館員とかね。大臣が面倒を見てくださるかも、ねぇそうでしょ！

ドン・エルモヘネス　毎日三度も大臣を訪ねているんです。

ドン・エレウテリオ　どんどん急き立てるべきです。さあ、上へ行きましょう。女性陣が待ってるはずですから……

ドン・エルモヘネス　大臣には先週十七枚もの申請書を渡しておきました(23)。

ドン・エレウテリオ　で、その返事は？

ドン・エルモヘネス　その中の一枚には見出しとしてかの有名な詩人の言葉を引用してお

きました、「青白い死神は貧しき者たちの小屋も王侯の宮殿をも同じように踏みにじる(24)」とね。

ドン・エレウテリオ　それで大臣はそれを読んで何と返事を？

ドン・エルモヘネス　首尾は上々、私の申請に気づいてもらえたようです。

ドン・エレウテリオ　ほら、大丈夫でしょ、もう手にしたも同然ですって。

ドン・エルモヘネス　切なる願いは待望の結婚に食いはぐれが生じないことです。「ケレスもバッカスもいなければウェヌスも覚めてしまう(25)」のでね。そうとなれば、ああ……きちんとした仕事があり、マリキータの白い手をとることができれば、ほかに何も望みませんが、ただ男の子がたくさん欲しいですね。（二人は舞台奥の扉から退場）

第二幕

第一場

ドニャ・アグスティーナ、ドニャ・マリキータ、ドン・セラピオ、ドン・エルモヘネス、ドン・エレウテリオ

全員舞台奥の扉から登場。

ドン・セラピオ　観た中でも干戈《かんか》を交える場面は実に見事でしたよ。

ドン・エレウテリオ　皇帝が眠る場面はどうでしたか?

ドニャ・アグスティーナ　トルコの大臣が偶像神に捧げる祈りは?

ドニャ・マリキータ　私には、皇帝が由々しき事態だっていうのに眠ってしまうのはどうも普通じゃないように思えるんですけど……

ドン・エルモヘネス　お嬢さん、人間には眠りがつきものですから、皇帝が眠ったとしても差し障りはないかと。なぜなら噯《おくび》が脳に達すれば……

ドニャ・アグスティーナ　その子の言うことなど気になさらないでください、馬鹿げてますから！　事情すらわかっちゃいないんです。それにしても今何時かしらね。
ドン・セラピオ　そうですね、今は確か……
ドン・エルモヘネス　時計を持っています、とても正確なやつをね。三時半きっかりですよ。
ドニャ・アグスティーナ　ああ、まだ時間がありますわ。お客がいませんので、ひとまず座りましょうよ。（ドン・エレウテリオを除き、全員腰かける）
ドン・セラピオ　客なんぞいるもんですか！　他の日ならいざ知らず……今日は誰もが芝居見物に出かける日なんですから。
ドニャ・アグスティーナ　さぞかし劇場は満杯の盛況でしょうね。
ドン・セラピオ　今日は舞台に一番近い席を求めて、数千レアルもの金《かね》を払う者が現れるかも。
ドン・エレウテリオ　ご存じのように新人作家による新作ですからね……
ドニャ・アグスティーナ　おそらく多くの人たちが作品を読んでいて、どんな内容なのかわかっているはずですわ。きっと留め針一本分の隙間すらないと思います、たとえ七倍も大きな大劇場だったとしてもね。

ドン・セラピオ　今日こそあの愚か者ども《ロス・チョリーソス》㉖は肝を冷やすはずですよ。昨夜、私は喜劇役者を演じる女の旦那と一オンス金貨六枚の賭けをしましてね、あれじゃ今日の興行で一〇〇レアルの収入は見込めないだろうとね。

ドン・エレウテリオ　それで賭けは成立したんですか？

ドン・セラピオ　いや、ポケットの持ち金が、二レアルとクアルト銅貨㉗が数枚しかなくて……でも、やつらを憤慨させてやりましたよ！

ドン・エレウテリオ　ちょっと失礼します。これから本屋へ行ってきますが、すぐに戻ります。

ドニャ・アグスティーナ　何しに？

ドン・エレウテリオ　言わなかったかい？　本の売れ行きについて調べてくれるよう頼んでおいたんだ。

ドニャ・アグスティーナ　あっ、そうだったわね。すぐに戻ってきてちょうだいね。

ドン・エレウテリオ　ああ、そうするさ。

第二場

ドニャ・アグスティーナ、ドニャ・マリキータ、ドン・セラピオ、ドン・エルモヘネス

ドニャ・マリキータ　なんて落ち着きがないのかしら！　まるで行ったり来たりの繰り返し！　休む暇もないくらい。

ドニャ・アグスティーナ　必要があってのことよ。あの人が奮闘しなきゃ、つまり目的を達成するのに努力し、あちこちでいろいろな人たちと折衝しなければ、書いたものが日の目を見ることはなかったわ、努力が水の泡よ。

ドニャ・マリキータ　でも、お姉さま、これから何が起こるかわかりゃしません！　私はいても立ってもいられない気持ちです。だって、もし野次でも飛ばされたら、私の将来が思いやられるんですから。

ドニャ・アグスティーナ　なぜあの人が野次られなきゃならないの？　あなたって馬鹿ね、何もわかっちゃいないわ。

ドニャ・マリキータ　そういう言い方、聞き飽きてよ。（ピピーが皿やボトルなどを持って舞

台奥の扉から登場。それらをカウンターに置き、ふたたび同じ場所から退場）でもね、私はときどき何て言うのかしら……ああ、ドン・エルモヘネス、こうしたことがすんなり終わってくれて、何の心配もなく自宅で静かにパンの切れ端を口にしたいと思うわけ。

ドン・エルモヘネス　心から望んでいる結婚が実現するまでは、ぼくの苛立ちはパンの断片じゃなく、天の美しい一部㉘が原因なんだ。

ドニャ・マリキータ　そう、心から強く望んでいますわ！　そうなりますように。

ドン・エルモヘネス　ぼくの愛にまさる者なんていやしませんよ。ピラモもマルクス・アントニウスも、エジプトのプトレマイオス王朝やアッシリアのセレウコス王朝の王族たちの愛もぼくの比じゃない！㉙

ドニャ・アグスティーナ　控えめな誇張法だこと、うまく言ったもんですわね。ほら、答えてあげなさいよ。

ドニャ・マリキータ　何をおっしゃっているのかちんぷんかんぷんだってのに、何をお答えすればいいの？

ドニャ・アグスティーナ　まったくいらいらするんだから！

ドニャ・マリキータ　それじゃ言わせてもらいます。私には今話題にのぼった人たちが誰なのかさっぱりわかりません！　ですから、こうおっしゃってくだされば事ははっきりするでしょう。マリキータ、ぼくの願いは二人が結ばれることだ、そのためにもきみの兄さんが幾ばくかのお金を手にすれば何もかもすべてうまく運ぶはずだ、ぼくはきみをとても愛している、きみはすこぶるつきの美人だし、その瞳は並外れて魅力的だ……なんて、殿方が普段お話しするような口調でね。

ドニャ・アグスティーナ　ええ、教育も才能もラテン語の知識も持ち合わせない無教養な殿方がね。

ドニャ・マリキータ　なにがラテン語ですか、忌々しいったらありゃしない！　私がどうでもいいようなことを尋ねると、返ってくるのはいつもラテン語。私との結婚を表明するのにも何人もの作家を引き合いに出す始末なんですから……そんな作家たちに何がわかると言うんです？　私たち二人が結ばれようと結ばれまいと、彼らにはどうでもいいことじゃありませんか！

ドニャ・アグスティーナ　無知蒙昧もいいところね！　ねぇ、ドン・エルモヘネス、前にお話ししたかと思いますが、どうやら妹はあなたに教育をたたき込んでもらう必要がありそうですわね。まったくこの子の愚かさを見ていると恥ずかしくて。事実、私にはこれ以上どうにもなりませんわ。ご存じのとおり、毎日夫の創作を手伝ったり、これまで何度も様子をご覧になったと思いますが、作品の手直しをしたり、奇抜な着想を提案したりして、完璧な作品に仕上げることに専念してますので、妹の教育に割く時間がないんです。そのうえ、子供たちには手を焼くばかりです。泣きわめいたり、お乳を欲しがったり、お皿を割ったり、椅子から落ちたりと少しも目が離せず大変なんです。もう何度も言い続けてきましたが、教養のある女にとって、子だくさんは悩みの種なんですよ。

ドニャ・マリキータ　悩みの種ねぇ！　お姉さまは何事に対しても特別なのかも！　私が結婚しても、そこまでは……

ドニャ・アグスティーナ　何よ、馬鹿なことを言わないでちょうだい。

ドン・エルモヘネス　私が実践哲学を教えてみせますよ。むろん詩作法もね。手隙なときにはラモン・リュル[30]の『偉大なる芸術』を模写してもらうことにします。また毎週火曜日には、ルビーニョスの辞書を数ページ分暗記してもらいましょう。いずれは対数や静力学も学ぶことになるでしょう……

ドニャ・マリキータ　そのうち発疹チフスに見舞われて、あの世へ旅立つかもしれませんわね。それにしても、こんなことってありますか！　私には合点がいきません。そりゃ学はありませんが、これでも充分に役に立つはずです。字は書けますし、勘定だって清算できます。料理やアイロンかけや縫いものや繕い、それに刺繍や家の管理だってできるんですから。留守を預かり夫や子供たちを守り、お世話しましょう。これだけでも充分心得ているとは思いませんか？　それとも力尽くで博士の称号を得て、知ったかぶりをしなきゃいけないんですか、詩作に励まねばならないんでしょうか？　なぜですか？　理性を失えとでも？　兄がそうした悪癖にのめり込んでからというもの、わが家が狂人の家に思えてなりません。四六時中、夫婦で劇中の一場面が長いか短いか、常に指で文字を数えながら音韻が完璧かどうか、薄暗い場面での事件を戦いの前に持ってくるべきか、それとも毒殺後に持ってくるべきかについて議論したり、絶えず新聞や雑誌をいじりながら「オフ」や「グラフ」で終わる奇人変人の名前を探しまわっては、そうした名前を人物関係にとり込もうとしています。その一方で、部屋の掃除や衣類の洗濯はほったらかし、ストッキングの繕いもされないままです。最悪なのは、昼食も夕食もとらないことです。先週の日曜日に私たちがどんな食事をしたかご存じですか、ドン・セラピオ？

ドン・セラピオ　わかりっこないじゃないですか！　……

ドニャ・マリキータ　誓ってもいいですが、食卓のご馳走を全部並べても、家の戸口で買った七五〇グラム程度の太くて黄褐色のキュウリに、昨日の残りものの丸形のパンが関の山。そういうわけですから、家族は六人ですが、その中の一番食欲のない者ですら、立て続けに子山羊一頭と半窯分のパンをぺろりと平らげたことでしょうよ。

ドニャ・アグスティーナ　妹の口癖なんです。一生懸命に働いても空きっ腹を抱えるばかりだといつも愚痴ってばかり。私はもっと少食だし、あなたが縫いものをしたりお掃除をしたり、はしたない家事を機械的にこなすあいだ、劇中の場面を手直ししたり、悲劇的な結末のくだりを調整したりと、あなた以上に働いているんだから。

ドン・エルモヘネス　そうですとも、マリキータ。ドニャ・アグスティーナの言うとおりですよ。仕事といってもそれぞれちがいますからね。毎日の経験からしてわかることは、物書きを生業《なりわい》とし、詩作を心得ている女性はそれだけで家事を免除されるんです。以前、ヒヒ学会(31)で読み上げた論考でそのことを証明したばかりでしてね。私が主張したのは、詩というのは脳の松果腺《しょうかせん》によって作られ、身につける下着は親指《ポリエクス》、人差し指《インデクス》、中指《インファミス》と呼ばれる三本の指で作られるってことです。すなわち、前者は才覚による詭弁が必要とされる一方で、後者は惰性による手の反応があれば充分なのです。結論として、学会でも賛同を得られたように、肩の部分を補強するよりはソネットを一つ作るほうがよりむずかしいということ、また女性にとってトマト入りの煮込み料理を作るよりも、十行詩やレドンディーリャ[32]といった詩型を使った詩を作るほうが称讃に値するってことです。

ドニャ・マリキータ　だからといって、わが家では煮込み料理も野菜入りの羊肉料理も鶏肉もニンニクも食されることはありません。ご承知のように、詩を食するぶんには料理なんて無用の長物ですからね。

ドン・エルモヘネス　なるほど一理ありますね。しかし、愛しい人、これまで家計が逼迫《ひっぱく》していたとしても、いわば俗界の詩人が述べているように[33]、切実なる貧窮《アングスタム・パウペリエム》に苛まれてきたとしても、それとは今日でおさらばです。

ドニャ・マリキータ　ほかに、その詩人は何と言ってますの？　今日これから上演される芝居は野次られることはないとでも？

ドン・エルモヘネス　それどころか絶讃まちがいありませんよ。

ドン・セラピオ　上演は一か月続き、役者連中は演じ疲れるに決まってますって。

ドニャ・マリキータ　いいえ、そうはいきません。昨日、居酒屋で見かけた人たちのお話だと事情はちがっていました。お姉さまは覚えていますよね？　あの背の高い男性、ずばずばと本音を言ってたじゃありませんか。

ドン・セラピオ　背の高い男？　あっ、わかりました。（立ち上がり）身持ちの悪い男です！　マントを羽織り、鼻のあたりに傷跡のある男で、ろくでなしですよ。やつは別の一座に肩入れしている革職人なんですが、人騒がせな野郎でしてね！　私の隣人の親戚に仕立屋がいるんですが、その仕立屋が創作した『カリドニア海の最も恐るべき怪物』の上演に際して、野次を飛ばさせた張本人なんですから。しかし、まちがいなく言えることは……

ドニャ・マリキータ　馬鹿なことをおっしゃらないでくださいよ、私の言っている人とちがいますので。

ドン・セラピオ　いいえ、確かに背が高くて、あくどい顔つきをした男です、それに顔に傷跡があり……

ドニャ・マリキータ　人ちがいです。

ドン・セラピオ　あの悪党ですってば！　自分の妻に酷い仕打ちをしたじゃありませんか！　かわいそうに、あれじゃ犬同然ですよ！

ドニャ・マリキータ　人ちがいですってば、何度言わせるおつもりですか。もううんざりです！　私が言っているのは品位のあるお方で、マントも着ていなければ、お顔に傷跡もありません。あなたのおっしゃる人物とはまるきり別人です。

ドン・セラピオ　実は私が言いたかったのは……その革職人をとっ捕まえておきたかったってことです！　今日の午後は劇場には行かせませんし、たとえもし行ったとしてもですね……そういえばこの前、やつにサン・フアン広場でさんざん言ってやりましたよ。あの男はもう一つの一座こそが最高で、けちのつけようがないなどと言い張ってましたがね。（ふたたび腰をおろす）どうしてそこまで他の一座を支持するか、あなた方はおわかりですか？　それはつまりこうです。あの男は同じように質《たち》の悪い仲間たちといっしょに、毎週日曜日の晩になるとラミレス家へ出向き、玄関先でいつもの下女と戯れたあと、少量のチーズとピーマンの酢漬けなどをご馳走になるんです。それから劇場の平土間《パティオ》と前列の椅子席《バンコ》を隔てる架　木《バランディーリャ》(34)のあたりへ行き、必死になって演技に拍手喝采するってわけです。もうどうしようもありませんよ。

われわれの側の熱烈なファンとて警戒してはいますし、相手方の劇場で作品が初演されることがわかれば、こっちも出かけて行き建物が崩れ落ちるくらい容赦なく野次ってやるんです。

ドニャ・マリキータ　でも、あの人たちが先にやって来て、今日の芝居をこき下ろすとしたら？

ドニャ・アグスティーナ　そうかしら？　あなたは、お兄さんが愚鈍で、ここ何日かは失望感を味わわないための策をほとんど練ってこなかったと思っているようだけど、お兄さんは相手方の主だった劇愛好家たちと仲よくなり、彼らとおつき合いをしたり、自作を奨めたり、次に書く予定の喜劇は相手方の一座にお願いすると約束したりしているのよ。そのうえ、あちらのご婦人に大変好かれ、毎日その方のお家《うち》に通いつめては奉仕してるわ。何か問題でも起きると、誰も手を貸さないのに私の夫だけは馳せ参じるの。「ドン・エレウテリオ、ラードを一キログラムほど持って来てくださらない」、「ドン・エレウテリオ、カナリアに少し餌をあげてくださいな」、「ドン・エレウテリオ、ちょっと台所へ行って、お鍋の料理が泡立っていないか見てきてくださらない」なんてね。するとあの人は、知ってのとおり、喜んでできぱきと期待に応え、完璧にこなすのよ。なぜなら、とどのつまりが彼に必要なのは明らかに……その間にもありがたいことにあの人は何かあっても愛想よく振る舞い、誰にでも親切にしてあげているんで、野次られるなんてありえないわ！　何も恐れることなんてないのよ。恩恵を施した人々の心をしっかり捉えてるんだから。

ドン・エルモヘネス　特にドラマの傑出した出来は、節度を欠いた無知な俗衆どもを黙らせ、驚嘆させるには充分かと。

ドニャ・アグスティーナ　そのとおりですわ。このような英雄をうたった劇ともなれば、事件は九件以上も含まれています。庭を舞台に馬上での果たし合い、三件の戦闘、二度の嵐、埋葬、変装の局面、市街の火災、橋の破壊、二件の戦火、人が死刑に処せられる場面がそうです。どうですか、これで成功まちがいありませんわ。

ドン・セラピオ　もちろん、きっとうまくいきますって！

ドン・エルモヘネス　観客を驚倒させるでしょう。

ドン・セラピオ　みんな上演を観に馳せ参じ、マドリードは無人となることでしょうな。

ドニャ・マリキータ　その類いの芝居でしたら闘牛場のほうが舞台としてはぴったりですわ。

第三場

ドン・エレウテリオ、ドニャ・アグスティーナ、ドニャ・マリキータ、ドン・セラピオ、ドン・エルモヘネス

ドニャ・アグスティーナ　わかりました。それじゃ、本屋は何と？　かなりの冊数が捌《は》けたんですか？

ドン・エレウテリオ　今のところ……

ドニャ・アグスティーナ　それじゃ、私が当ててみましょうか、おそらく売れたのは……ポスターが貼り出されたのはいつでしたっけ？

ドン・エレウテリオ　昨日の朝だよ。あちこちの曲がり角に三、四枚ずつ貼っておいたんだけど。

ドン・セラピオ　それなら気をつけるんですな。(立ち上がり)強力な膠《にかわ》でしっかり貼りつけておくことです、でなきゃ……

ドン・エレウテリオ　もちろんですよ、万全を期しています。この目で確かめておきまし

たし、強力な接着剤を使いました。
ドニャ・アグスティーナ　『ディアリオ』紙や『ガセータ』紙で案内があったんですよね？
ドン・エルモヘネス　的確な表現でしたね。
ドン・セラピオ　少なすぎますよ。八〇〇冊は超えなきゃ。
ドニャ・アグスティーナ　でしたら、売れるはずよ……五〇〇部はね。
ドン・セラピオ　本当は八〇〇冊を超えていますよね？
ドン・エレウテリオ　いいえ、そうじゃありません。実は、現時点で耳に入れた情報によれば、たったの三冊しか捌けていないそうです。これは由々しい事態です。
ドン・セラピオ　三冊ぽっきりですって？　少なすぎますよ。
ドニャ・アグスティーナ　なんとまあ、少ないもいいところだわ。
ドン・エルモヘネス　考え方によります。唯一無二の存在だと考えれば、少なすぎるというのはちがいます。しかし、それぞれ別々に考えればそうなんでしょうね。つまり、唯一無二の存在だと多い少ないはありませんが、全体として見ればそうなるってことです。ということは、売れた三冊は九冊に対して三分の一にあたるわけですし、その考えでいくと、三冊は少なすぎると言えます。一方、その三冊が一冊に対してだと思えば、三倍になるわけですから多いと言えます。一と三のちがいからくることです。よって結論としては、売れた冊数が少なすぎるなんてことはないのです。これとは逆の考えを支持するとすれば、教養が足りないということになります。

ドニャ・アグスティーナ　そのとおりよ、おっしゃるとおりですわ。

ドン・セラピオ　こりゃ驚いた！　この人は話し出したらとまらないね！

ドニャ・アグスティーナ　ええ、話し出したら最後、白いものを緑に、二プラス二を二四にするのはお茶の子さいさい。私にはこのような釈明は納得がいきません……これまで売られた三冊ですが、それ以上ということは？

ドン・エレウテリオ　ないね、総額はせいぜい六レアルだ。

ドニャ・マリキータ　私たちは今回の印刷によって金貨の山を築くものだと期待してたのに、六レアルとはねぇ。先が思いやられるわ、本が全部売り切れるまで結婚はおあずけだとしたら、処女を称えられながら埋葬されるってことよね。（泣く）ああ、惨めったらありゃしない！

ドン・エルモヘネス　美しいマリキータ、きらきらと輝く真珠の涙をこぼすのはおよし。

ドニャ・マリキータ　真珠ですって？　真珠の涙が流せたら、兄はつまらないものを書かなくてすむでしょうよ。

第四場

ドン・アントニオ、ドン・エレウテリオ、ドン・エルモヘネス、ドニャ・アグスティーナ、ドニャ・マリキータ

ドン・アントニオ　皆さん、今戻りました。

ドン・エレウテリオ　早すぎやしませんか？　芝居見物に出かけるって言ってやしませんでしたか？

ドン・アントニオ　ええ、行きましたとも。あちらにドン・ペドロがいます。

ドン・エレウテリオ　ああ、あの不機嫌な人ですよね？

ドン・アントニオ　そうです。有無を言わせず何人かの友人といっしょに桟敷席《パルコ》で観てもらうことにしました。（ピピーがテーブルクロスや食器セットの入った平たい籠を抱え

て舞台奥の扉から登場し、それをカウンターの上に置く）確実に舞台前方の特別席《ルネータ》は確保できると思ったんですが、それがどうですか、その特別席も、桟敷席も階上の桟敷《テルトゥリ》席《ア》も舞台前方両脇の狭い桟敷席《クビーリョ》も、どこにも空いた席がないんです。

ドニャ・アグスティーナ　私が言ったとおりだわ。

ドン・アントニオ　劇場は満員でした。

ドン・エレウテリオ　あなたが芝居を観られないっていうのは、よくありませんね。私は桟敷席を確保してありますので、ごいっしょしましょう。ゆっくり観劇できるでしょう。

ドニャ・アグスティーナ　さあ、ごいっしょにどうぞ、充分満足できるはずですわ。

ドン・アントニオ　奥さん、気を遣ってくださり、とても感謝しています。しかし劇場へ引き返すかどうかの問題ではないんです。先ほど劇場を出てきたときは、トナディーリャが始まっていまして、それで……

ドン・セラピオ　トナディーリャですって？

ドニャ・マリキータ　どういうことですの？（全員立ち上がる）

ドン・エレウテリオ　トナディーリャ？

ドニャ・アグスティーナ　始める時間が早すぎやしませんか？
ドン・アントニオ　いいえ、奥さん、普段どおりの時間に始まりました。
ドニャ・アグスティーナ　ありえません、時刻は確か……
ドン・エルモヘネス　時間ならわかります。（時計をとり出して）ちょうど三時半です。
ドニャ・マリキータ　三時半ってどういうことですか？　あなたの時計はいつだって三時半じゃありませんか。
ドニャ・アグスティーナ　ちょっと拝見……（ドン・エルモヘネスの時計を手にし、耳にあててから返却する）この時計止まってますわ。
ドン・エルモヘネス　本当です。原因はひげゼンマイの弾力性が……
ドニャ・マリキータ　原因は止まっていることにあります。これじゃ劇の半分を見損なったのも同然じゃないですか。行きましょうよ、お姉さま。
ドニャ・アグスティーナ　そうね。
ドン・エレウテリオ　こんなことってありますか！　実に腹立たしい。よりによって……
ドニャ・マリキータ　すぐに出かけましょう。私の扇子はどこかしら？
ドン・セラピオ　ここにありますが。

ドン・アントニオ　今からですと二幕からご覧になれます。
ドニャ・マリキータ　まったくドン・エルモヘネスったら……
ドニャ・アグスティーナ　それじゃ失礼します、ドン・エルモヘネス。
ドニャ・マリキータ　さあ、急ぎましょう。
ドン・アントニオ　それじゃ、これで。
ドン・セラピオ　幸いここから近くてよかった。
ドン・エレウテリオ　まったくがっかりだな、信用したばかりに……
ドニャ・マリキータ　ええ、ドン・エルモヘネスの忌々しい時計に頼ったばかりにね。

第五場

ドン・アントニオ、ピピー

ドン・アントニオ　結局、あの二人は劇作家の妻と妹ってことだね？
ピピー　そういうことで。
ドン・アントニオ　すごい早足ですな！　なにしろ、ドン・エルモヘネスの時計に頼りきってたんだからな。

ピピー　それにしてもどうしたって言うんですかね？　上の階の窓から見えるんですが、大劇場《コリセーオ》から大勢の人たちが出てきてますよ。

ドン・アントニオ　あれは平土間の連中だな、あそこは息が詰まるからな。おれが出てくるときには、入口の扉を開けろと中の者たちが叫んでいたっけ。とにかく暑くてねぇ。ほかにも、二人以上は入らない席へ四人も詰め込むんだから、見当ちがいもはなはだしいや。どうやら大事なのは、劇場内で観客がくたばろうが入場料をせしめるってことらしいな。

第六場

ドン・ペドロ、ドン・アントニオ、ピピー

ドン・アントニオ　おやおや！　もう戻ってこられたんですか、ドン・ペドロ？　芝居のほうはまだ途中では？

ドン・ペドロ　芝居の話は勘弁してください。（腰をおろす）ここ何か月間はあんな不愉快な思いをしたことがなかったのに。

ドン・アントニオ　一体どうなさったんです？　（ドン・ペドロのそばに座る）

ドン・ペドロ　どうもこうもありませんよ！　あなたのお薦めもありましたので、一幕はほとんど我慢しながら観てました。それに恒例となっている、あの下品で無味乾燥なトナディーリャもね。しかし、隙を狙って抜け出してきたんですよ。

ドン・アントニオ　でしたら、劇の価値はどこにあるとお考えです？

ドン・ペドロ　低級な詩趣が普及するようになってこの方、あのような駄作は初めてです……もう金輪際あの手の馬鹿げた芝居は観に行かないことに決めました。楽しいどころか、逆に気分が……いいですか、一昔前のわが国の芝居の中でたとえ出来の悪い作品であったにしろ、あれに比べればなんてことはありませんよ。確かに乱雑で話の筋もでたらめですが、それらは浅知恵によるものではなく、どれも才知が創り出したものでした。事実どうしようもない粗《あら》はありますが、そうした粗の中にも場合によっては観客の目を見張らせ感動させるものもあるんです。的外れな場面があってもそれらを忘れさせるか容赦させる要素があったからです。まずは、当世の凡庸な劇作家と一昔前の劇作家とを比べてみてはどうでしょうか。理性を働かせなローハス・ソリーリャ、モレート㉟のほうがまだましだと思いますがね。

ドン・アントニオ　ごもっともなお話です、ドン・ペドロさん、異論はありませんよ。しかし、それならば哀れな国民は辛抱強く、つまらない芝居に堪えてるってことですかね？

ドン・ペドロ　劇作家はそう望みたいところでしょうが、そうは問屋が卸しません。なぜなら、時折平土間に陣どる観客㊱から、まるで嵐のような内にこもったどよめきが起こるんです。そうこうするうちに都合よく一つの幕が終わりました。だが、この作品の成功をあえて予測するのはやめておきます。観客は馬鹿げた話には慣れっこになっているとしても、あれほどひどい出し物はいまだかつて経験したことがありません。

ドン・アントニオ　何ですって？

ドン・ペドロ　信じられませんね。筋の通らない内容、真実味のない事件、たがいに関連性のないエピソード、中途半端な人物描写とその役柄選びの悪さ、巧妙な描写の代わりにごたごたした場面、喜劇的な場面の代わりに魔法のランプを用いたくだらない所作など、雑然とした光景以外の何ものでもありません。歴史や風習についての言及がなく、道徳的な意図も見られません。それに言葉、文体、韻律、趣意、常識がなっていないんです。要するに悪すぎるってことですよ。毎日われわれはいろいろな作品を楽しみますが、まったくそれ以下ですな。

ドン・アントニオ　このご時世、傑作なんて期待できませんよ。今日のように勝手気ままに放置されれば、美徳の鏡、よき趣味の殿堂となる代わりに、間違いの学校、無節操の百貨店と成り下がるでしょう。

ドン・ペドロ　改革の必要性について、わが国の博学多才といわれる人たちが多くの書物を著してきたにもかかわらず、依然として悲惨な舞台状況が続いているというのは由々しき事態です！(37)　もし外国人が今日の午後の芝居を観たとしたら、わが国の文化をどう考えるでしょうかね？　絶え間なく刊行される劇作品を読んで何と評しますかね？

ドン・アントニオ　好き勝手に言わせておけばいいんですよ、ドン・ペドロ。われわれにはどうしようもありませんからね。どうしろと言うんです？　笑うか憤慨する以外に選択肢はありませんて……おれなら地団駄を踏むよりは笑うほうを選びますがね。

ドン・ペドロ　わしはちがいます。この作品については冷静に見ています。ドン・アントニオさん、文学の発展は国家権力、その繁栄、保護にとって重要な役割を果たします。わが国の芝居は衰退してるんですよ、それにわしは根っからのスペイン人ですので。

ドン・アントニオ　しかし実際には……おや、一体この騒ぎは？

第七場

ドン・セラピオ、ドン・エルモヘネス、ドン・ペドロ、ドン・アントニオ、ピピー

ドン・セラピオ　おい、ピピー、急いで水を少し持って来てくれないか。

ドン・アントニオ　どうしたって言うんですか？（ドン・アントニオとドン・ペドロは立ち上がる）

ドン・セラピオ　もたもたしないで早く持って来てくれ。

ピピー　はい、ただいま。

ドン・セラピオ　早く、早く。

ピピー　なんてせっかちな性分なんだい！　（ピピーは一杯の水を持ってドン・セラピオのうしろに立つ。ドン・エルモヘネスは慌てて登場し、ピピーにぶつかる。その拍子に彼はコップと盆を落とす）気をつけてくださいよ！

ドン・エルモヘネス　皆さんの中で誰かレモンパーム水《アグア・デ・メリーサ》を少量、妙薬《エリキシール》、エキス、香料、塩《アルカリ・ヴォラーティル》、アンモニアの気つけ薬《エテル・ヴィトリオリコ》、または発作に効果覿面《てきめん》の薬を持っていませんか、ぐったりとしてしまった夫人の生気を甦らせたいんです。

ドン・アントニオ　今は持ち合わせがありません。

ドン・ペドロ　一体どうしたって言うんですか？　何か事故でも？

第八場

ドニャ・アグスティーナ、ドニャ・マリキータ、ドン・エレウテリオ、ドン・エルモヘネス、ドン・セラピオ、ドン・ペドロ、ドン・アントニオ、ピピー

ドン・エレウテリオ　ええ。ドン・セラピオが言われるように、まずは水を！　（ドニャ・

アグスティーナは苦しそうにドン・エレウテリオとドン・セラピオに支えられている。二人は彼女を座らせる。ピピーは新たにコップ一杯の水を持ってくる。彼女は水を少し飲む）

ドン・セラピオ　そうですとも。さあ、ピピー、このご婦人にお前のベッドで休んでもらうのがよかろう……

ピピー　まさか！　屋根裏にあるんですよ……

ドン・エレウテリオ　かまうもんか。

ピピー　ベッドといいましても、そりゃ粗末な麻布で拵《こしら》えた藁《わら》布団みたいなもんでして……

ドン・セラピオ　何が言いたいんだい？

ドン・エレウテリオ　かまいませんよ。そこでしばらく休ませてもらってから、瀉血師《しゃけつし》を呼ぶ必要があるかどうか様子を見るとしましょう。

ピピー　おれはかまいませんが、皆さんのほうが……

ドニャ・アグスティーナ　いいえ、その必要はありませんわ。

ドニャ・マリキータ　少しはよくなって？

ドン・エレウテリオ　楽になったかい？

ドニャ・アグスティーナ　幾分ね。

ドン・セラピオ　見てのとおりですよ！　あの混雑ぶりだと不思議じゃありませんな。

ドン・アントニオ　そもそも気を失った原因は何だったんでしょうかね。

ドン・エレウテリオ　そりゃ決まってるじゃありませんか！　人々の妬みと悪意ですよ……まあ、その話はよしましょう！　それにしても連中ときたら悪辣にもほどがある！　おそらく傑作を観たことがない連中ですな！

ドン・ペドロ　いまいち事情が呑み込めませんな。

ドニャ・マリキータ　旦那さま、簡単なことですよ。この人が私の兄で、この女性の夫なんです。それと本日上演された呪わしい作品の作者でもあります。私たちは観劇に出かけ、劇場に着いたときにはすでに二幕が始まっていました。嵐の場面やそのあとの戦争を指示するところ、踊り、続いて埋葬……こうした一連の騒動のあと、一人の貴婦人が男の子の手を引きながら登場したのです。二人とも飢餓に苦しんでいたので、子供が母親に「お母さん、パンが欲しいよ」って言うと、母はデモゴルゴンやケルベロス[38]を呪文で呼び寄せます。私たちが入場したのはちょうどこの母と子のやりとりの場面で、平土間席は物情騒然としていました。人のうねり、咳、くしゃみ、あくび、そして雑然とした音が場内に満ちていたのです！　……よろしいですか、旦那さま、貴婦人が現れ、一週間何も食べていないと言い、子供が母親にパンを求め、母親が持っていないと答える場面に遭遇すると、どうですか、すでに嵐の場面や戦争の指示、踊りや埋葬に辟易した人々がまたもや騒ぎ始めたんですからね。混乱は激しくなるばかりで、あちこちから怒号が飛び乱れ、前方の椅子席や架木に陣どるお客のあいだから、相手をけなすような手のひらを打ち合わせる音や、足で床を叩く音が凄まじく鳴り響き、まるで天井が抜け落ちるかのようでした。そのため幕が降ろされ、劇場の入口が開けられ、観客は不平を鳴らしながら全員外に出てしまったってわけです。そのときに姉の心臓が圧迫されたようで、ご覧のような状態になってしまって……でもまあ、元気をとり戻せたんですから、それが何よりですけど。なにしろ、前代未聞の出来事でしたんで大変でした。桟敷席に座ったのも、今お話ししたことが起こったのも、一瞬の出来事でしたから、何もかもが同時に起きたみたいでした。そこに、いろいろと別の思惑[39]が一度に押し寄せてきたもんですから！　やはり私が言ったとおりで、しょせん無理だったのかもね……（ドニャ・アグスティーナのそばに腰をおろす）

ドン・エレウテリオ　今回の出し物は評価されるに値しないってことですか！　ドン・エルモヘネス、親友のドン・エルモヘネスさん、あなたなら作品の良し悪しがどうなのかご存じのはずですよね、皆さんに説明してもらえませんか……さあ、お願いしますよ。（台本をとり出し、ドン・エルモヘネスに手渡す）二幕を最後まで読んで聞かせてあげてください。それを踏まえて一週間何も食べていない女が死ぬことに一理あるかどうか、また四歳の子供が母親にパンをねだるのが悪いことかどうか、おっしゃってください㊵。さあ、お読みください、お願いします。そしてこのようなかたちで私を生殺しにしてもよいという神の掟あるいは神の御心があるのかどうか、おっしゃってください。

ドン・エルモヘネス　私には今のところ、ドン・エレウテリオ、台本を読むという役はお引き受けできません。（台本をテーブルの上に置く。ピピーがそれを取って離れた場所にある椅子に座り、読み始める）ちょっと急いでいるもんですから、また後日お会いしましょう……

ドン・エレウテリオ　もうお帰りですか？

ドニャ・マリキータ　私たちを置いてきぼりに？

ドン・エルモヘネス　私が居残ることで何か皆さんのお役に立てるのであれば、そうしますが、実際は……

ドニャ・マリキータ　いっしょにいてくださいな。

ドン・エルモヘネス　辛い立場にある皆さんを見ていると胸が痛みますし、私にはすることがありますので。芝居については何も言うことはありません。もうおしまいです。蘇生させるのは無理かと。目下、演劇擁護論について原稿を書いていますので、引用するにあたり賛辞を呈しておきましょう。もっとひどい作品なんてほかにもありますし、劇の規則や物語の統一に欠けるところはあっても、書いた本人は大した人物だと記しておきますよ。それに作品の粗については他言しませんから……

ドン・エレウテリオ　作品の粗と言いますと？

ドン・ペドロ　今になってそれを持ち出すとはね。

ドン・エルモヘネス　彼を励ますためだったんですよ。

ドン・ペドロ　それと彼を騙して路頭に迷わせるためですかね。最初から駄作とわかっていたのなら、なぜそれを正直に言わなかったのですか？　いい加減な作品を書くのをやめるよう助言するかわりに、なぜあなたは彼の才能を持ち上げ、見下げ果てた価値もない作品を傑作だと信じ込ませたんですか？

ドン・エルモヘネス　たとえ駄作であることを彼に言い含めたとしても、この人には私の推論の正しさを理解するために必要な見識と分別が欠けていましたからね。

ドニャ・アグスティーナ　駄作ですって？

ドン・エルモヘネス　最悪の出来です。

ドン・エレウテリオ　何ですって？

ドニャ・アグスティーナ　冗談ですよね、ドン・エルモヘネス、そうとしか思えませんけど。

ドン・ペドロ　いいや、奥さん、冗談なんかじゃありません、本当のことですよ。鼻持ちならない作品ですって。

ドニャ・アグスティーナ　そんな風におっしゃらないでください！　この方が冗談交じりにそう言ったのをうけて、あなたはそんな風に同調なさる。しょせん、あなたは何でもかんでも扱《こ》き下ろす物知り連中のお仲間で、あの人たちがなさること以外は、すべてに不服を唱えるわけですからね。でも……

ドン・ペドロ　（ドン・エレウテリオに）あなたがこちらのご婦人の夫であるなら、口を噤《つぐ》んでくれるよう計らってもらえませんかね。別に腹立たしいことじゃありませんが、何もわかっちゃいないのに横から口を挟むほど愚かなことはありませんので。

ドニャ・アグスティーナ　何もわかっちゃいないですって？　誰がそんなことを言ったんですか？

ドン・エレウテリオ　お願いだから、アグスティーナ、そう感情的にならないでくれ。（彼女は腹を立てながら立ち上がり、ドン・エレウテリオは彼女を座らせる）まあ、落ち着いてくれ。それにしても何てことですかねぇ！（ドン・エルモヘネスに）ぼくにはあなたのことがわからなくなってきましたよ。

ドン・エルモヘネス　どう思われようとかまいません。私の意見は観客のそれと同じです。ただ、私はあなたの友人です。今回の痛ましい結果を予見できたものの、事前に悲痛な思いを予告するなんてできっこありませんでした。なぜなら、プラトンやランピーリャス(41)が言うように……

ドン・エレウテリオ　世間が何を言おうとかまいません。ぼくが言いたいのは、あなたはまんまとぼくを騙したってことです。確かにあなたに助言を求め、あなたは作品の各場面を一行一行見てくださった。また、ほかの手持ちの原稿を終わらせるようにと勧めてくださった。おまけにぼくを褒めちぎり、希望を持たせ、大した人物だと信じ込ませたじゃありませんか。それが今になって何です？　午後の上演の際、口笛や手をたたいてやじる客の態度、冷やかしや揶揄《やゆ》によくもぼくを晒《さら》してくれましたね？

ドン・エルモヘネス　あなたはおどおどしすぎていて、意気地なしです……なぜほかの人たちを見倣い、手本としないのですか？　劇作に励み、幸運・不運の激しいめぐり合わせに泰然自若として堪える物書きたちのことをご存じないのですか？　作品を仕上げると、口笛の野次が飛んでくる。それでもめげずに筆を執る。そしてまた野次られる。にもかかわらず、筆を捨てようとはしません……おお、偉大な魂の持ち主たちには口笛の野次は耳に快く響き、悪口は賛辞にもなるんです。

ドニャ・マリキータ　（立ち上がり）あなたは何が言いたいんですの？　もう黙って聞いているのも限界です。何が言いたいんです？　哀れな兄に再度挑戦しろってことですか？　……

ドン・エルモヘネス　私が言いたいのは急いでいるってことです。では、失敬。

ドニャ・アグスティーナ　でしたら、ご機嫌よろしゅう。私たちのことはお忘れになってくださいン。無礼にもほどがある！（激怒して立ち上がり、退散しようとするドン・エルモヘネスのほうへ駆け寄り）あなたに飛びかからないのが自分でも不思議なくらいだわ……それじゃ、さよなら。

ドン・エルモヘネス　無教養な人たちだ！

ドニャ・アグスティーナ　さよなら。

ドン・エレウテリオ　なんて質《たち》が悪いんだ！

ドン・エルモヘネス　惨めな馬鹿どもめが！

第九場

ドン・エレウテリオ、ドン・セラピオ、ドン・アントニオ、ドン・ペドロ、ドニャ・アグスティーナ、ドニャ・マリキータ、ピピー

ドン・エレウテリオ　あの恩知らず、ペテン師めが！（気落ちした表情で椅子に腰かける）あれほど面倒を見てやったっていうのに。

ドニャ・マリキータ　お姉さま、あとの祭りのようね。私が言ったとおりだわ。私にはわ

かっていたのよ……それにしてもなんてやつなのかしら。ずいぶん前から結婚の約束を交わしてきたっていうのに。でも、最悪なのはあの人のために薬剤師との良縁を棒に振ってしまったことよ。あの方はあの卑劣な男みたいにラテン語の知識もなく、あちこちの書物から引用するなんてこともなかったけど、少なくとも善良な人だった……ああ、なんてことなの、十六歳にもなってまだ嫁ぎ先が見つからないなんて！　それと言うのも、相当な博識を有する人と結婚するように仕向けた、あなたたちの性悪な入れ知恵のせいなんだから……いいですか、ああ神さまお赦しを、あの背教者がしたことは、私の落ち着き先を奪い、兄を騙して路頭に迷わせ、私たちに嫌というほど苦痛を与えたってことです。

ドン・アントニオ　お嬢さん、気を落とさないでください。今に何もかもうまく行きますって。あなたにはその素質がありますし、これまで失ってきた以上の好機到来になるはずです。

ドニャ・アグスティーナ　ここはしばらく堪えるしかないわね、マリキータ。

ドン・エレウテリオ　（勢いよく立ち上がり）堪えなきゃならないのはむしろぼくのほうだよ。なにしろ、事の顛末にがっくりきたもんで。

ドニャ・アグスティーナ　少し落ち着いて考えてみては？

ドン・エレウテリオ　お願いだから、きみは黙っててくれ。きみだって……

ドン・セラピオ　いや、悪いのは私らが前もって気づかなかったことですよ……今度革職人の野郎とその仲間のやつらを見つけ、それ相応の鉄拳を頰に見舞ってやることにします……それにしても、出し物は傑作でしたよ、旦那、信じてください。まちがいなく傑作でしたよ。単に向こうの連中がぐるになって……

ドン・エレウテリオ　個人的には出来はそう悪くはなかったと思うのですが、いろいろな見方がありますからね。ぼくとしちゃ……

ドン・ペドロ　まだそんな誤った考えにとらわれているんですか？

ドン・アントニオ　（ドン・ペドロに傍白で言う）もういいじゃありませんか。

ドン・ペドロ　いいや、放っておくわけにはいきません。見ていてお気の毒です……ましてやこういうことがあったあと、まだあなたは自作を傑作だと信じ込んでいるなんて、あまりにも馬鹿げています。そんなわけないじゃないですか！　そうおっしゃる根拠はどこにあるんです？　あなたは何を学びましたか？　誰に師事して劇芸術を学びましたか？　模倣するにあたって何を手本にしたんです？　よろしいですか、どの分野においても教育方針というものがあり、遵守しなきゃならない規則ってものがあります。その際に勤勉さと粘り強さが求められ、これらの条件に天分がともなわなければ、偉大な専門家は生まれるはずがないんです。なぜなら、学ぶことによって知識が得られるからです！　となれば、あなたにはこうした必要条件が欠如しているのに、どうして秀作が可能だなどと思い上がったんでしょうか？　どうなんです？　出たとこ勝負で筆を走らせればいいとでも？　八日間で話をでっち上げ、いい加減な韻文で劇を仕上げれば、それで劇作家になれるとでもお考えですか？　芝居を創作すれば事は簡単だとでも？　つまり、あなたの芝居みたいな、あるいはそれに似た芝居であればいいと言うのなら、才能も知識も創作に要する時間も必要ないでしょう。よろしいですか、秀作を世に送るには、一人の作家の全人生、抜きんでた才能、根気よく続ける研究、絶え間ない観察、感性、健全な判断力が求められます。言うまでもなく、完璧を期するなどという保証はどこにもないんですよ。

ドン・エレウテリオ　よくわかりました、おっしゃるとおりです。でも、今の問題はそういうことじゃありません。ぼくが絶望し、困惑しているのは、何もかもがめちゃくちゃになったってことです。時間を浪費したわりには作品は一文にもならず、金もないのに出版したもんですから……

ドン・アントニオ　いや、本はいずれ売れるはずですって。

ドン・ペドロ　いや、売れませんて。劇場で野次られた出し物なんぞ書店に並べたところで売れっこありませんよ。

ドン・エレウテリオ　確かに売れやしないかも。出版費用を失い、ほかにも……ああ、情けない！　旦那、ぼくは皆さんから何を言われようとかまいません。凡庸以下の作家で、愚かな人間かも知れませんが、善良な人間です。あのろくでなしのドン・エルモヘネスは、自分の悪巧みと嘘にぼくを巻き込み、持ち金を騙しとったんです。そのため余計な出費となってしまい、本来なら対処しなければいけないのに、多くの借金とりに応じられなくなってしまったんです。

ドン・ペドロ　しかし、それはあなたの仕事と甲斐性でもって家計を上手に立て直し、少しずつ返済すればよいことじゃないですか。

ドニャ・アグスティーナ　仕事とか甲斐性とか言われましてもね、旦那さま！　うちの人にはどちらも無理ですわ。

ドン・ペドロ　と言うと？

ドン・エレウテリオ　ええ、旦那。ぼくは以前、中心街へのびる通りにある宝くじの売店で働いたあと、インディアス帰り(42)の男に仕えていたことがあるんです。でも、その人が亡くなると同時に仕事もやめちまいまして。その頃でしたか、ドン・エルモヘネスの口車に乗せられて芝居を書き始めたんです……

ドニャ・マリキータ　ペテン師もいいとこだわ！

ドン・エレウテリオ　独り身ならまだしも、それはそれでいいんですが、結婚し妻子があって、妹までいっしょとなると、そりゃねぇ……

ドン・アントニオ　お子さんは何人ですか？

ドン・エレウテリオ　四人です。一番上はまだ六歳になっていません。

ドン・ペドロ　何人もお子さんが！　(同情を寄せ、傍白)かわいそうに！

ドン・エレウテリオ　もしそうじゃなければ……

ドン・ペドロ　(傍白)不幸な人だ！　(ドン・エレウテリオに)実を言うと、あなた方ご家族の将来が今回の劇の成功・不成功にかかっているとは思ってもみませんでした。わしにも子供が何人かいましたが、もう亡くなっちまいましてね。しかし、父親の気持ちは理解しているつもりです。そこで伺いますが、計算はできますか？　字はお上手ですか？

ドン・エレウテリオ　もちろんですよ、旦那。勘定することにかけちゃ、充分に心得ています。以前仕えていた旦那のところでは……なにしろ、身のまわりの雑用係を務めてましたからね……執事はぼく以外に誰もいませんでしたので。ほかにも召使いは何人かいたんですが、そうしたことは何もわからなかったので、家計はすべてこのぼくに任されていたんです。誰もが知ってのとおり、仕事は立派にやり遂げました、本当です、誠を込めてね！　……誰からも文句は出ませんでしたよ……

ドン・ペドロ　それは信じましょう。

ドン・エレウテリオ　書くほうですが、エスコラピオス修道会の学校[43]で学び、その後かなりこつをつかめましたし、正字法とやらも多少身につけました……ここに持って来たのですが……ご覧ください……（一枚の紙をとり出し、ドン・ペドロに渡す）これは少々急いで書いたもので、明日うたわれる予定のトナディーリャです……でもねえ！

ドン・ペドロ　字は実にいい、気に入りましたよ。

ドン・エレウテリオ　そうですとも、旦那。短い序の部分が入りますし、続いて反復句をともなった諷刺的なコプリーリャ[44]が来ます。そして終わりになると……

ドン・ペドロ　いや、そんな話をしてるんじゃありません。言いたいことは字のかたちがとても美しいということです。トナディーリャは芝居につきものだってことはみんな知ってますよ。

ドン・エレウテリオ　確かに。

ドン・ペドロ　あなたがそうした愚行から身を引くことが肝心だと言ってるんです。（紙を返す）

ドン・エレウテリオ　わかりました。ただ、誘惑というやつがねぇ……

ドン・ペドロ　そのような戯れを完全に断ち切ってください。これが唯一あなたに求める条件です。わしは大金持ちですが、身近な人間の不幸を空涙でごまかしたくはありません。今回の不幸ももとを糺《ただ》せばあなたの愚行に端を発しているわけですから、慰めや忠告も必要でしょうが、それ以上に早急な効果的対策を講じるべきだと思います。まあ、明日にでもあなたが抱えている負債をすべて支払って差し上げましょう。

ドン・エレウテリオ　何ですって？

ドニャ・アグスティーナ　本当ですか、旦那さま？　ああ神さま！

ドニャ・マリキータ　本当ですか？

ドン・ペドロ　いや、まだあります。わしはマドリード近郊に広大な土地を所有していて、ついこのあいだ有能な若者にその管理を任せたばかりです。もしよろしければ、その執事のもとで学んでもらってもかまいません。彼はとても誠実な男ですし、もちろんあなただって経済的に入り用な額は当てにできると思いますがね。また夫人のほうでも努力いかんによって、今あなたに提案した新たな人生を軌道に乗せることもできましょう。家庭を守り、子供たちをきちんと育て、妻および母親としてしかるべき仕事をこなせば、おのずと必要な知識や女性の立場、その役割に見合った重要な事柄に気づくはずです。ところで、お嬢さん、あなたはあの知ったかぶりをしたドン・エルモヘネスと結婚できなかったからといって、何も失うものなどありませんよ。もうおわかりだと思いますが、やつはあなたを不幸にしてしまうような悪党です。もう少し結婚願望を抑えてくだされば、必ずやあなたを愛してくれる善良な相手にめぐり会えますって。一言で言えば、あなた方のために一肌脱ぐ覚悟ですよ。どうか信じてください。なにしろ、マドリードには多くの良友がいましてね……嘘じゃありませんよ。わしは性格的には気むずかしいかもしれませんが、慈悲の心は持ち合わせているつもりです。

ドニャ・マリキータ ご親切にどうも！（ドン・エレウテリオ夫妻と妹はドン・ペドロの足下に跪《ひざまず》こうとするが、ドン・ペドロはそれを許さず、やさしく彼らを抱き上げる）

ドン・エレウテリオ なんて心の寛《ひろ》いお方なんでしょう！

ドン・ペドロ 篤心《とくしん》行為とでもいうんですかね。貧しい人たちに手を差しのべ、不幸な人たちを絶望と罪から守ってあげることで、そうした義務を果たすことになるんです。なにも特別なことじゃありませんよ。

ドン・エレウテリオ あなたのご親切にどう報いればよいのやら。

ドン・ペドロ わしに感謝してくださるのなら、もうそれで報いたことになりましょう。

ドン・エレウテリオ これまでの愚かな言葉や失礼な態度をどうかお赦しください。

ドニャ・アグスティーナ まったく無分別でした。

ドン・ペドロ もうその話はよしましょう。

ドン・アントニオ ああ、ドン・ペドロ！ 旦那のおかげで今日は勉強になりました！

ドン・ペドロ　冗談はやめてくださいよ。同じような状況に陥れば、誰だってそうするでしょう。
ドン・アントニオ　恐れ入りました。
ドン・ペドロ　それぞれ気性はちがっても、わしらは仲間じゃありませんか！
ドン・アントニオ　旦那となら誰だって誼《よしみ》を結びたくなりますって！
ドン・セラピオ　それにしても、大満足ですな。
ドン・ペドロ　嬉しいのはわしのほうです。道にかなった行いがもたらす喜びに匹敵する喜びはありませんからな。（ピピーが台本を読んでいるのを見て）ほら、ほら、台本は片づけてください。そんなところに置いといちゃいけませんて、また誰かに見られてとやかく言われないとも限りませんので。
ドン・エレウテリオ　芝居なんぞくそ食らえだ！（ピピーの手から台本を奪いとり、ずたずたに引き裂く）これでぼくの愚昧《ぐまい》とはおさらばだ！　明日、夜が明けたら、これまで書いてきた手稿も印刷物もすべてたき火で燃やしてしまい、家の中に詩の一行たりとも残さないつもりです。
ドニャ・マリキータ　私が藁に火をつけますわ。

ドニャ・アグスティーナ　私は灰を煽りましょう。

ドン・ペドロ　それがよろしいですな。あなたはこれまでずっと騙され続けてきたんです。ご自身への愛着、必要に迫られていたこと、他人が作劇していること、教育の不足が、あなたにでたらめな劇を書かせたってわけですよ。それを観客が教訓としてしっかり諭《さと》してくれたんです。しかし、このことによってご自分を見つめ直し、行いを改められるわけですから、とても有意義だったと言えるでしょう。今日《こんにち》、ともかく劇作家になりたいというふざけた熱意にとり憑かれた連中が芝居を思いのままにし、だめにしてるんですから、あなたのように戯言《たわごと》を言う連中どもがあなたの例を手本にして迷いから覚めてもらいたいもんですな。

――幕――

訳　注

娘たちの空返事

（1）かつて岩波文庫から刊行された『娘たちの「はい」』（会田由訳）には収録されていなかったが、モラティンの芝居に対する思いや、当時の演劇事情が垣間見られることから、今回はこれを付すことにした。

（2）当時、演劇活動が盛んであった都市といえば、マドリードのほかにもバルセロナ、バレンシア、カディスが有名であった。

（3）『メモリアール・リテラリオ』や『ミネルバ』といった雑誌には、この作品をめぐる賛否両論が掲載されたことを考えると、この部分の記述はモラティンの勘違いといえよう。

（4）マヌエル・ゴドイ（一七六七—一八五一）をさす。彼はエストレマドゥーラの下級貴族で、カルロス四世に引き立てられて近衛兵から王妃マリア・ルイサの寵臣となった。フランスとの戦いで敗北を喫したあと、一七九五年にバーゼルの和約を結び、これによって「平和公」と呼ばれた。

（5）ここに記された役者たちを含め、それぞれの役柄を演じた役者たちは、実際二流、三流の役者たちであった。当代一流の役者といえば、リタ・ルナ、マリア・ガルシーア、アントニオ・ポンセ、アントニオ・ピント、マリアーノ・ケロールなどであったが、モラティンは名声よりもむしろ自作にふさわしい役者を選出したようである。

(6) アルカラ・デ・エナーレスは、マドリードからグアダラハーラに向かう途上に位置する。ここは十五世紀末以来の大学都市で、『ドン・キホーテ』の作者ミゲル・デ・セルバンテス(Miguel de Cervantes 一五四七—一六一六)の出生地としても有名である。

(7) 当時の多くの戯曲には詳細なト書きがつきものだったが、モラティンは基本的な説明にとどめている。

(8) 一八〇五年版と一八〇六年版ではこのト書きは省略されている。モラティンは新古典主義者たちが擁護する三一致《さんいっち》の法則(劇は一日のうちに、同じ場所で、一つの事件を扱うべきだという、十六、十七世紀にフランスの古典主義者によって唱えられた法則)のうち、「時の一致」すなわち一日のうちに物語を終わらせるという考えを示唆している。ちなみに、十六、十七世紀のスペイン演劇では、ロペ・デ・ベーガ(Lope de Vega 一五六二—一六三五)による「新しい演劇」が主流を占めたため、プロットの統一は重視されたものの、時と場所の一致は無視された。

(9) グアダラハーラは、現在のカスティーリャ・ラ・マンチャ州の北部に位置する県で、マドリードの北東約六〇キロのところにある。

(10) パキータはフランシスカの愛称。

（11） 将校の教育の一環として、幾何学、算術、三角法といった数学は必修であった。
（12） このときシモンが言葉を発したというよりは、主人の言っていることに納得できないという表情をしたことに対する問いかけと考えるほうが自然である。
（13） アルカラ・デ・エナーレスにあるサンタ・カタリーナ学寮のこと。学生たちが肩にかけるV字型の懸章は紅色であったが、マントの色が緑色（ベルデス）だったことから、この呼称がついた。
（14） グアダラハーラ門のこと。
（15） 一八〇五年版と一八〇六年版では、母親の台詞のあとにドニャ・フランシスカが口を挟むことになっている。

ドニャ・フランシスカ　それにしても、（ドニャ・イレーネのそばに腰をおろし）あの太ったアングスティアスとおっしゃるシスターの汗のかきようときたら……ずいぶん汗が噴き出てましたわね！

モラティンはこの部分を修道女に対する不敬だと判断したのか、それとも異端審問所の目を恐れたのか、のちに削除している。
（16） トリニダーもシルクンシシオンも女性の名前で、ここではドニャ・イレーネの身内の者と思われる。
（17） ミチョアカンはメキシコ南西部の太平洋に面する州である。
（18） 実際こうした名前は普通ありえないため、喜劇の人物名に宛てられるのが習わしであった。

(19) この件《くだり》から、ドン・ディエゴが司教は何歳で亡くなったのか尋ねる箇所まで、異端審問所は削除を提案したが、王立歴史アカデミーは削除しなかった。

(20) ここでは司教の伝記など何の値打ちもないということと、読む価値すらない数多くの本が出版されていることを仄めかしている。

(21) 二つ折りだと四ページ分に相当する。

(22) 当時、子だくさんな家庭は珍しくなかった。偶然の一致かどうか、モラティンの友人であった画家のフランシスコ・デ・ゴヤ(一七四六―一八二八)と彼の妻のあいだに二十人もの子供がいたが、当時の幼児の死亡率が高かったこともあり、生き残ったのは一人だけであった。

(23) 朝に背中に陽光を浴びながら進むということは、西方のマドリードに向かうという意味である。

(24) 飼っているツグミのこと。

(25) ペドロ・フランコ・ダビラの蒐集品をもとに、一七七一年カルロス三世によって創設され、のちにマドリードの国立自然科学博物館となった。

(26) 旧約聖書の「出エジプト記」に書かれているように、エジプトをおそった十の災厄のうち四つが、カエル、蚊、ハエ、バッタの蔓延によるものであった。

(27) 三拍子で軽快なアンダルシア地方の舞踏。

(28) 当の本人たちとはドニャ・イレーネ一行のこと。

(29)　アルカラ・デ・エナーレスにあるサン・イルデフォンソ学寮。
(30)　モーロ人ガスールは、ヒネス・ペレス・デ・イータ(Ginés Pérez de Hita 一五四四?―一六一九?)の『グラナダの内乱』(*Guerras civiles de Granada*)に登場する、貴婦人リンダラーハに恋する勇敢な英雄。メドーロは、イタリアの詩人アリオスト(一四七四―一五三三)の『狂乱のオルランド』に登場する、美姫アンジェリカの恋人でのちに夫となる高貴なモーロ人。ガイフェーロスは、古ロマンセに登場する人物。
(31)　アルカンタラ騎士修道会をさす。
(32)　十七世紀のスペイン・バロック演劇に見られる、主人の恋の仲介をする下男・下女を彷彿させると同時に、ドニャ・フランシスカの無垢を強調している。
(33)　当時、スペイン語に翻訳され愛読されていたさまざまな英仏の小説か、または十七世紀の女流作家マリア・デ・サヤス・イ・ソトマヨール(María de Zayas y Sotomayor 一五九〇―一六六一?)、ファン・ペレス・デ・モンタルバン(Juan Pérez de Montalbán 一六〇一―三八)の恋愛小説――楽しめると同時に善悪のけじめがはっきり示されている――を仄めかしている。
(34)　トレド県にあるアニョベール・デ・タホはメロンの名産地であった。
(35)　樟脳(カンフル)は心臓を刺激する目的でしばしば使われていたが、湿布は頭痛を緩和するために用いられた。
(36)　ここでのツグミのえせ信心は、ドニャ・イレーネの猫かぶりを際立たせている。

(37) フランシスキータも、パキータやのちに出てくるフラスキータも、ドニャ・フランシスカの愛称である。
(38) 同時代の多くの啓蒙主義者と同様にモラティンもこのように考えていた。つまり表向きは敬虔をよそおい、娘たちの意に反して自己都合で彼女たちを修道院に入れる親たちに向けて発した台詞である。ただ、皮肉にもここでは自分の都合しか考えていないドニャ・イレーネに言わせしめている。
(39) モラティン自身も「チョコレートと芝居がなければ、私は死んだも同然です」と言うほど、チョコレートはお気に入りの飲み物であった。
(40) 一八〇五年版と一八〇六年版では、この次の台詞に「母親や叔父が神さまを喜ばせるために神さまのお望みにならないことを捧げようと躍起になったおかげで、これまでに何度気の毒な女が修道院に閉じ込められたまま、一足早い死を迎えたことでしょうか?」という文言が加えられている。しかし、異端審問所はモラティン本人にこの部分を自主的に修正するよう指示を出した。
(41) ソリア県の村で、ブルゴス大司教区の管轄下にある教区のこと。
(42) ここではドン・カルロスの嫉妬が顔をのぞかせる。
(43) 一般的には有毒植物で、根に猛毒を持つが、当時は漢方薬として重宝されていた。
(44) メコはアルカラ・デ・エナーレス近くにあるマドリード県の村。パンの名産地であった。
(45) アルカラ・デ・エナーレスにあるテルシア街のこと。ここのワイン醸造元で造られるワインは美味で有名であった。

（46）アルカラ・デ・エナーレスの近くにある村。モラティンも近くのパストラーナ村に小さな領地を持っていた。

（47）モラティンの書簡には、パストラーナ村にある自分の屋敷や畑の管理人に対する不満があちこちに散見される。

（48）一レグアは五五七二メートル。

（49）モラティンの時代、この部隊を離れるという箇所は検閲でカットされたものの、実際には比較的容易に許可が得られたようである。

（50）一オンスは三二〇レアルに値する。これは金貨でフェリペ三世（在位、一五九八―一六二一）からフェルナンド七世（在位、一八〇八、一八一四―一八三三）の治世まで使われていた。

（51）ドブロン金貨のこと。ドブロン金貨は、一四九七年から一八六八年までスペインをはじめ中南米でも使われていた貨幣。一ドブロンは六〇レアル。一七八〇年の頃、モラティンが働いていた宝石工房では日給が一二レアルであった。

（52）第二幕第三場の注（36）を参照。

（53）ロボ通りはマドリードの通りの名前。現在はエチェガライ通り。

（54）古代ローマの詩人ホラティウス（前六五―前八）の"beatus ille"（幸いなるかな）というテーマはこの時代にも受け入れられ、モラティンも自作の詩に好んで採り入れている。ここでは、苦労も後悔も高貴な人たちや金持ち特有のものであって、大半の貧乏人には当てはまらないという意味。

(55) 一八〇五年版をはじめとしていくつかの版には、以下のようなト書きがある。(ドン・カルロスが楽器に合わせて奥から小声で歌う。ドン・ディエゴは身を乗り出し、窓のほうに注目する)

恋する美しい乙女よ、
安らかな眠りについているなら
心地よい眠りが
ぼくの涙で乱されんことを。
夢の中で愛の祝福が
授からんことを。
だけど、きみの心が
千々《ちぢ》に乱れ、さまよい
遠くでぼくの名を呼び
嫉妬で生きた心地がしないなら
この苦しく息が詰まる思いを
きみに教えてあげよう。

(56) 当時、ギターを弾くのは床屋の副業でもあった。

(57) 初期の版では、ドン・カルロスの歌声が入っているため、次のような台詞が続く。「歌いっぷりは結構なものだが、声が柔らかすぎる」。

(58) 初期の版では「あの小夜鳴き鳥を」となっていたのが、「小夜鳴き鳥を」は省かれ「あの……」となった。

(59) 一八〇五年版の初版では、ここでドン・カルロスがふたたび歌うことになっている。

(60) 胡椒、にんにく、パセリ、酢を混ぜ合わせたソース。

(61) 城門とは、周囲に壁をめぐらした中世の都市の出入り口をさす。

(62) 入浴療法は精神的興奮を鎮めるのに効果があるとされ、モラティンもこれをとり入れていた。蛇の煮汁はヨーロッパでは重要な薬物療法の一つとして重宝した。タマリンドのシロップは軽い下剤として用いられた。当時の啓蒙主義者たちはこうした療法にあまり感心しなかったようだが、モラティンは友人にこれを勧めている（一八一五年九月一二日、女優マリア・リベーラの夫ディオニシオ・ソリースに宛てた書簡より）。

(63) モラティンの日記や書簡から、ドニャ・イレーネの三番目の夫は、実際のパキータ・ムニョースの父（元軍人）のことを仄めかしているものと考えられる。事実、この夫は何が何でも妻と娘をやり込める性格の持ち主であったらしい。

(64) マドリードのマヨール広場のそばにあった広場。昔はそこにサンタ・クルス教会があった。

黄金世紀から十八世紀半ばあたりまで、その教会の塔はマドリードでも一番の高さを誇ったという。

(65) この七回の金曜日に断食をすれば贖宥《しょくゆう》の効果があるとされていたが、異端審問所は世俗的な信心と神聖なそれとを混同しないよう、この部分の削除を求めたという。

新作喜劇

(1) これはモラティンが存命中に書いた一八二五年版の「はしがき」である。この中で、それ以前に刊行された一七九二年版、一七九六年版からも一部文言を引用している。

(2) 十七世紀末に劇の導入部または幕間に演じられた一幕物の風俗喜劇サイネーテと同じように、十八世紀半ばから十九世紀初頭にかけてスペインで流行した短い喜歌劇トナディーリャは、当時観客の拍手喝采を浴びるにはとても有効な出し物であった。ときには本来の芝居がこれらの演目の口実として演じられるほど人気を博したのである。

(3) ホセ・デ・カニサーレス(José de Cañizares 一六七六—一七五〇)、トマス・デ・アニョルベ(Tomás de Añorbe 一六八六?—一七四一)、アントニオ・デ・サモーラ(Antonio de Zamora 一六六四?—一七二八)はいずれも当代の劇作家。

(4) マラスキーノ酒は、マラスカ種のサクランボを蒸留して作る甘いリキュール。

（5）コプラは一連が八音節四行という短詩。
（6）三一致の法則のこと。『娘たちの空返事』の注（8）を参照。
（7）コプリーリャはコプラ（第一幕第一場の注〔5〕を参照）よりも短いもの。
（8）『娘たちの空返事』の注（27）を参照。
（9）ドン・エレウテリオは当時の喜劇作家ルシアーノ・フランシスコ・コメーリャ（Luciano Francisco Comella 一七五一―一八一二）を諷刺していると思わせる節がある。彼は黄金世紀の演劇の信奉者で、サイネーテを中心に数多くの作品を舞台にかけ、まずまずの成功を収めた歴史劇も手がけたが、今日では凡庸な作家と見なされている。このことをいち早く見抜いていたモラティンは彼の作風に非難の矛先を向け、皮肉っているのである。
（10）日々研鑽を積み、余暇を楽しみ、社交的で数少ない良友と時間を過ごすことは、啓蒙主義者たちの理想であった。また、たとえ波風が立とうとも、真実を述べることも彼らにとって重要であった。
（11）あらゆる分野において進歩発展を促すために、何らかの分野でぬきんでた才能を発揮する知識人や科学者、あるいは独創的な仕事をする人物を政府が表彰すべきだという考えは、啓蒙主義者たちにとって共通するものであった。
（12）フォリヤは音楽混じりの芝居を抜粋したもの。サルスエラはスペインの伝統的な歌劇。ロアは劇の導入部としての寸劇。

(13) 初版では「汚らわしい虫」が具体的に記されている。クモ、蛾、ハエ、ゴキブリである。さらに「カタルーニャの場末の安宿で出されるシチューだな」とまで言わせ、論敵であったコメーリャを仄めかしているとも受けとれる。

(14) 人物間で歌曲を輪唱するように言葉を交わす技法は、イタリアのコメディア・デラルテやスペイン黄金世紀の戯曲ですでに使われていたが、モラティンの時代の人気芝居にもオペラの影響を受けてか、しばしば使われることがあった。

(15) 「筋には、単一なものと複合的なものがある。というのは、筋によって再現される行為は、もともとこの二つにわかれるからである」(アリストテレース『詩学』、松本仁助・岡道男訳、岩波文庫、第十章)。

(16) 正体判明や認知は、登場人物の正体や隠された真実が明かされること。

(17) J・C・スカリゲル(一四八四―一五五八)は『詩学』を著したイタリアの医師・哲学者、G・J・ヴォシウス(一五七七―一六四九)はオランダの学者、A・ダキエル(一六五一―一七二二)はフランスの哲学者、J・F・マルモンテル(一七二三―九九)はフランスの百科全書派の思想家、L・カステルヴェトロ(一五〇五―七一)はイタリアの文献学者・批評家、D・ヘインシウス(一五八〇―一六五五)はオランダの人文主義者。

(18) ヒッポクラテスは「医学の父」と呼ばれた古代ギリシアの医学者。マルティン・ルターは「九十五箇条の意見書」によって教皇から破門されたドイツの宗教改革者。モラティンは芝居とは無関係な他の分野における泰斗を引き合いに出すことによって、ドン・エルモヘネスの作劇法の愚かさを浮き彫りにしようとしている。直接揶揄《やゆ》するかわりに、気どったかたちで滑稽さを醸し出そうとしたのである。

(19)　モラティンの『新作喜劇』(*La comedia nueva*)は六日間、『娘たちの空返事』(*El sí de las niñas*)は当時としては成功した部類に入り二十六日間続けて上演された。ちなみに、黄金世紀の劇作家ロペ・デ・ベーガ、ティルソ・デ・モリーナ(Tirso de Molina 一五八一?―一六四八)、ペドロ・カルデロン・デ・ラ・バルカ(Pedro Calderón de la Barca 一六〇〇―八一)、ファン・ルイス・デ・アラルコン(Juan Ruiz de Alarcón 一五八一?―一六三九)など一昔前の作品は、三日連続で上演されればよいほうであった。

(20)　ピオス村はアルカラ・デ・エナーレスの東方にある村で、当時ラテン語の講座が設けられていた。

(21)　粉タバコを鼻孔に近づけて香りを嗅いだり、懐中時計のネジを巻いたりする仕草は、気を晴らしたり静めたりするのに効果があるとされていた。

(22)　ティトゥス・リウィウス(前五九?―後一七)は古代ローマの歴史家。

(23)　ある程度の経済的余裕を持って文学に専念するには、政府の資金援助が必要であったことを示唆している。ドン・エルモヘネスの状況は当時のモラティンにも当てはまったようである。

(24)　ホラティウス『歌章』(Ⅰ、4)。

(25) 古典に出てくる諺である。ケレスはローマ神話では豊穣の女神、バッカスはギリシア神話の酒神、そしてウェヌスはローマ神話の愛の女神であり、ギリシア神話のアフロディテにあたる。スペインの諺にも「パンとぶどう酒がなければ純粋な愛はない」というのがある。

(26) 「ロス・チョリーソス」はドン・エレウテリオらのライバルにあたるエウセビオ・リベーラ劇団の熱狂的支持者たちをさす。実際にモラティンの『新作喜劇』を上演したのはこのライバル劇団であった。これに対抗するのが「ロス・ポラーコス」といってマヌエル・マルティネス劇団の熱烈なファンであった。

(27) 十六世紀から十九世紀にかけて鋳造された貨幣。一レアルは八・五クアルト。

(28) ドニャ・マリキータのこと。

(29) ピラモはティスベを、マルクス・アントニウスはクレオパトラを熱烈に愛した。エジプトのプトレマイオス王朝の王族たちは近親相姦の愛を貫いたが、アッシリアのセレウコス王朝の王族たちについてはそうした記述は見あたらないようである。

(30) カタルーニャの思想家ラモン・リュイ(Ramon Llull 一二三二?—一三一五?)のことで、ほかにも主な著作として『騎士修道会の書』がある。

(31) ヒヒは霊長目オナガザル科ヒヒ属の猿の総称であるが、ここでは当時の各種学会の急増を皮肉っている。

(32) レドンディーリャは、一行目と四行目、二行目と三行目がそれぞれ韻を踏む四行詩。

(33)　俗界の詩人とはホラティウスのことで、『頌歌』からの引用。

(34)　平土間に陣どる立ち見席の客と、前列の椅子に腰かけて観劇する客とを隔てるための、丁字形の木を何本も並べたような柵で、高さは首あたりまであった。

(35)　カルデロンはスペイン・バロック演劇の巨匠と言われ、代表作には『人生は夢』(*La vida es sueño*)、『驚異の魔術師』(*El mágico prodigioso*)、『名誉の医師』(*El médico de su honra*)などがある。アントニオ・デ・ソリース(Antonio de Solís 一六一〇—八六)の代表作には『愛と運命の勝利』(*Triunfos de amor y fortuna*)などがある。フランシスコ・デ・ローハス・ソリーリャ(Francisco de Rojas Zorrilla 一六〇七—四八)の作品では、『愚かなお遊び』(*Entre bobos anda el juego*)が傑出している。アグスティン・モレート(Agustín Moreto 一六一八—六九)には『蔑みには蔑みを』(*El desdén con el desdén*)、『見栄っ張りなドン・ディエゴ』(*El lindo don Diego*)などのすぐれた作品がある。いずれもカルデロン派に属する劇作家である。

(36)　平土間の観客は下層階級に属していて、教養の高くない人たちであった。

(37)　当時の芝居のひどさについては、エッセイストであったホセ・クラビーホ・イ・ファハルド(José Clavijo y Fajardo 一七二六—一八〇六)も新聞で次のように述べている。「スペインのような大国の首都で、あらゆる国々の概念からして、われわれを野蛮人と見なすほど非常識な演目を舞台にかけるのは、まさに恥ずべきことではありませんか？」(『エル・ペンサドール』紙)。

(38)　ギリシア神話でデモゴルゴンは黄泉《よみ》の国を司る恐ろしい神または悪魔。ケルベロスは同じくギリシア神話に登場する地獄の入口の番犬で、三つの頭と蛇の尾を持ち、また胴体からも複数の蛇の頭が生えていた。

(39) 思惑とは、彼女自身の結婚のことや兄の上演・出版のこと。

(40) コメーリャの『グラッツのフェデリーコ二世』(*Federico II en Glatz*)という作品には、主人公の子供たちがパンを乞う場面が描かれている。ここでは子供たちは一切れの黒パンをがつがつ食べるが、妻のほうは空腹で命を落とすことになる。

(41) フランシスコ・ハビエル・ランピーリャス(Francisco Xavier Lampillas 一七三一―一八一〇)はイエズス会士、評論家。

(42) 西インド諸島、南北アメリカ地域の総称。

(43) サン・ホセ・デ・カラサンスによって設立された慈恵学校のこと。修道士たちはこの学校で貧しい家庭の子供たちに読み書きを教えた。

(44) コプリーリャについては第一幕第三場の注(7)を参照。

解　説

佐竹謙一

（スペイン人作家の名前および作品名のみ原文で表記した）

十八世紀のスペインと文学の潮流

十八世紀といえば、一七〇一年のスペイン継承戦争に始まり一八〇八年のスペイン独立戦争に至るまで、いろいろと悲惨な出来事が起こった激動の時代である。それでも人口の大幅な増加とともに経済も徐々に活気を呈し始め、国力は立ち直りつつあった。ブルボン王朝による諸改革も紆余曲折を経ながらも実行に移された。

特にモラティンが生きたカルロス三世（在位、一七五九—八八）の治下では、物価高騰や服装取り締まり（伝統的な長外套と鍔広《つばびろ》の帽子の使用禁止）に反発し政府に不満を抱く民衆が引き起こしたエスキラーチェの暴動、これに呼応しあちこちの市町村で起きた食糧暴動、国王強権主義《レガリスモ》を揺るがしかねない危険な修道会であったイエズス会のスペインおよびアメリカ植民地からの追放などの事件が起こったが、その一方では農業改革、工業の近代化や産業の育成、首都の主要道路の整備、公共事業の推進、港湾の建設、大学改革、軍隊の改変など、国内の啓蒙的諸改革が推し進められた。また旧来の貿易独占体制から自由貿易に切り替えたことによって植民地との貿易が大いに栄えた。しかし現実は、啓蒙改革とは無縁の大勢の庶民が依然苦しい生活を強いられていたのである。

カルロス四世(在位、一七八八—一八〇八)の時代にフランス革命が起こると、スペインは革命の嵐が自国に飛び火しないよう異端審問所の検閲を強化した。一七九二年にはマヌエル・ゴドイが王妃マリア・ルイサの寵愛を受け若くして宰相になるが、フランスやイギリスとの戦争などにより国家財政を極度に悪化させたうえ、ナポレオンの意のままに振りまわされ、一八〇五年のトラファルガー沖の海戦のすえ、アメリカ植民地との貿易を絶たれ一八〇八年に失脚した。カルロス四世は息子フェルナンドに王位を譲るが、ナポレオンは兄ジョゼフをホセ一世として即位させた。フランスの軍政下、一八一〇年からは旧体制を脱却して自由主義を希求する風潮にあり、立憲君主制を謳った自由主義憲法(カディス憲法または一八一二年憲法ともいう)が一二年に公布、翌年には異端審問所の廃止が承認されたが(廃止は三四年)、政治的にスペインを支配するのは困難であった。保守派を中心とするスペイン側は、各地でフランス軍の支配に抵抗し続け、一三年ついにホセ一世は退位を余儀なくされた。

フェルナンド七世(復位、一八一四—三三)が再度王位に就くと、絶対主義体制のもと自由主義者たちを次々に弾圧した。自由主義憲法の破棄を宣言し、異端審問所を復活させ、検閲を強化したのである。二〇年には自由主義勢力の動きも見られたが、三年後にはふたたび絶対主義の統治を復活させた。フェルナンド七世の時代、キューバ、プエルトリコ、フィリピンを残し、ほとんどのアメリカ植民地を失ったスペインは経済面において深刻な危機に陥った。国王の死後は、娘がイサベル二世(在位、一八三三—六八)として即位したものの、自由主義政策をとるイサベル陣営と、王弟カルロスを支持する絶対主義者たちとのあいだでカルリスタ戦争が勃発した。

スペイン黄金世紀に偉大な足跡を残したミゲル・デ・セルバンテス(Miguel de Cervantes 一五四七—一六一六)を筆頭に、ほぼ同時代の作家たちが独自の文学を開花させたのとは対照的に、十八世紀のスペイン文学はブルボン王朝のフランス文化の影響に左右されるかたちとなった。イタリア文化に加えて、モンテスキュー(一六八九—一七五五)、ヴォルテール(一六九四—一七七八)、ルソー(一七一二—七八)などフランスの思想や百科全書、コルネイユ(一六〇六—八四)やモリエール(一六二二—七三)などの翻訳がスペインに導入され前世紀とは違った様相を呈した。

政府としても中央集権の一環として、マドリードに国立図書館、王立言語アカデミー、王立歴史アカデミー、サン・フェルナンド王立美術アカデミーなどを開設し、公共施設を増やすことで文化の促進に貢献した。言語を一元化する意味で画期的だったのは、『語彙典拠辞典』(*Diccionario de Autoridades* 一七二六―三九)、『カスティーリャ語正書法』(*Ortografía* 一七四一)、『カスティーリャ語文法』(*Gramática* 一七七一)が編纂されたことである。

この時代の文学的潮流を大別すると、(1)後期バロック、(2)理性と博識を重んじる啓蒙主義《イルストラシオン》と新古典主義《ネオクラシシスモ》、(3)前期ロマン主義の三つに分けられる。後期バロックは十八世紀半ばまで続くが、イグナシオ・デ・ルサン(Ignacio de Luzán 一七〇二―五四)の『詩論』(*Poética* 一七三七)をきっかけに文学に変化の兆しが見え始め、新古典主義の興隆が続いたあと、八〇年代あたりから前期ロマン主義が台頭し始める。

(1) 後期バロックは、十七世紀バロック文学の出し殻のようであり、演劇の分野ではアントニオ・デ・サモーラ(Antonio de Zamora 一六六四?―一七二八)やホセ・デ・カニサーレス(José de Cañizares 一六七六―一七五〇)などが、観客の喜ぶような名誉劇や聖・

体劇《サクラメンタール》を上演し続け、散文では諷刺作家ディエゴ・デ・トーレス・ビリャロエル(Diego de Torres Villarroel 一六九四―一七七〇)が自伝風小説『ディエゴ・デ・トーレス・ビリャロエル博士の生涯、素性、誕生、成長および冒険』(*Vida, ascendencia, nacimiento, crianza y aventuras del doctor D. Diego de Torres Villarroel* 一七四三―五九)を書き、フランシスコ・デ・ケベード(Francisco de Quevedo 一五八〇―一六四五)の影響を受けたピカレスク小説として評価された。

(2) スペインで啓蒙主義が最高潮に達するのは、カルロス三世の治世においてである。イギリス、オランダに興り、フランスやドイツにも波及したこの革新的な思想はスペインにも導入され、学問や科学技術の水準を上げるには、教育改革・社会改革が必要不可欠であると考えられた。このような考えはベニート・ヘロニモ・フェイホー(Benito Jerónimo Feijoo 一六七六―一七六四)、イグナシオ・デ・ルサン、ガスパール・メルチョール・デ・ホベリャーノス(Gaspar Melchor de Jovellanos 一七四四―一八一一)などの知識人のあいだで広まったが、フランス革命により多くの改革派の人たちが隣国の事情を知って気後れしたため成熟するには至らなかった。特に文学では、ギリシア・ローマの古典文学への回帰もあって、有益でありなおかつ教え諭《さと》すもの、また趣《おもむき》のある描写でなければならず、人間の抱える諸問題を避けて通ることは許されなかった。そのため前世紀のように大胆な発想による表現や芸術のための芸術は不適切なものと考えられた。自然に法則があるように芸術にも法則があり、それを実践したのが自然を模倣することであった。物事の正確さと調和を生み出すためには、作家の天分《インヘニオ》と上品な趣味《ブエン・グスト》が要求されたのである。また中世の教訓的寓話以来、長いあいだ忘れ去られていた寓話も復活した。アイソポス(イソップ)(前六世紀頃)などギリシア古典文学の影響や、ラ・フォンテーヌ(一六二一―九五)などフランスの寓話作家の影響を受けていることもあり、多分に教訓的な意味合いが含まれている。人々の幸せの基礎となる民衆教育をめざし『カスティーリャ語の韻文による寓話集』(*Fábulas en verso castellano* 一部 一七八一/二部 一七八四)を書いたフエリックス・マリア・デ・サマニエーゴ(Félix María de Samaniego 一七四五―一八〇一)や、新古典主義に傾倒した文学論議をも含む『文学的寓話集』(*Fábulas literarias* 一七八二)を著したトマス・デ・イリアルテ(Tomás de Iriarte 一七五〇―九一)がその代表格である。

(3) 前期ロマン主義を代表する作家といえば、ホセ・カダルソ(José Cadalso 一七四一―八二)であろう。彼は、知識をひけらかす鼻持ちならない浅学非才を諷刺した『えせ才人たち』(*Los eruditos a la violeta* 一七七二)や、モンテスキューの『ペルシャ人の手紙』

に倣った諷刺的散文『モロッコ人の手紙』(*Cartas marruecas* 一七九三)などを世に送り出したが、代表作は三部からなる『哀愁を帯びた夜』(*Noches lúgubres* 一七九八)である。これは夜の墓場の風景を背景に、もの悲しく不気味な印象を与える、いかにもロマン主義の香りがする作品である。

十八世紀のスペイン演劇

十八世紀ブルボン王朝の時代におけるスペイン演劇とそれをとり巻く環境は、初期の頃はともかく、時代が下るにつれて劇作家の創作意図、劇作品のスタイル、芝居に求められるもの、観客の好みなど、いろいろな面において前世紀のそれとはずいぶん様変わりすることになる。マドリードでは検閲や上演禁止といった縛りはあったにしろ、演劇活動そのものが衰えることはなかった。特に前半は、ロペ・デ・ベーガ(Lope de Vega 一五六二―一六三五)、ティルソ・デ・モリーナ(Tirso de Molina 一五八一?―一六四八)、ペドロ・カルデロン・デ・ラ・バルカ(Pedro Calderón de la Barca 一六〇〇―八一)などが築き上げたバロック演劇、その翻案、そのスタイルを踏襲した作品の上演が多く、相変わらず大衆に人気があった。ただし、彼らに匹敵するような想像力豊かで独創性を発揮する劇作家はいなかった。その代わり、込み入った筋立て、事件の大げさな展開、派手な決闘、手の込んだ舞台装置、響きのよい詩型、快美な言語表現、音楽的効果などを用いて、日々の生活から逃れて観劇しにやってくる観客の耳目を驚かそうと苦心したのである。観客を楽しませることを第一義としていたため、道徳的・教訓的意味合いを持たせることはほとんどなかった。とりわけ、カニサーレスの『ヒヘスの指輪』(*El anillo de Giges* 一七四二)、マヌエル・フェルミン・デ・ラビアーノ(Manuel Fermín de Laviano 十八世紀末)の『魔術師フィネオ』(*El mágico Fineo* 一七八二)、アントニオ・バリャダーレス・デ・ソトマヨール(Antonio Valladares de Sotomayor 一七三七―一八二〇)の『アストラカンの魔術師』(*El mágico de Astracán* 一七八一)などでは、複雑で見応えのある舞台装置が導入され、観客を大いに魅了した。また〈魔術の喜劇《コメディア・デ・マヒア》〉(十七世紀の聖人劇に由来し、観客の感性・理性に強く訴えようとする作品)紛いの、視覚に訴える大掛かりな装置を使って奇跡や驚嘆に値する場面を見世物とする〈聖人劇《コメディア・デ・サントス》〉、国内外の歴代の皇帝・国王の戦勲や政治的偉業、新旧の国民的英雄の偉業を扱った〈軍人と武勇の喜劇《コメディア・エロイカ・イ・ミリタール》〉、哄笑《こうしょう》を誘うために主人公の愚かな言動や慢心をこき下ろす〈戯画的諷刺劇《コメディア・デ・フィグロン》〉、異なる階級の男女による結婚などをテーマにした〈感情喜劇《コメディア・センティメンタール》〉も人気があった。

やがてカルロス三世の時代になると、政府は演劇に注目するようになり、社会生活を営むのに必要な道徳や規律を大衆に教える学校であると位置づけた。一七六〇年代には、フランスの喜劇や悲劇も上演されるようになり、演劇は政治・教育・文化の面において手厚く庇護されるようになった。いわば、少数派の啓蒙主義者たちが関心を示した新古典主義演劇である。ルサンの『詩論』にも記されているように、彼らはフランス演劇をモデルとし、規則を遵守しながら作劇することを重視する人たちであった。確かにバロック演劇にくらべると、風紀を配慮した規則ずくめのスペイン新古典主義演劇は、当然のことながら独創性に欠ける結果となり、レアンドロ・フェルナンデス・デ・モラティン(Leandro Fernández de Moratín 一七六〇―一八二八)を除けば必ずしも成功したとは言えなかった。それでも悲劇のジャンルではフランスの劇作家ラシーヌ(一六三九―九九)やコルネイユの作品を手本に、道徳的・教訓的意図を前面に押し出す悲劇を書く劇作家が何人も現れた。大半は凡庸の域を超えるものではなかったが、レアンドロの父ニコラス・フェルナンデス・デ・モラティン(Nicolás Fernández de Moratín 一七三七―八〇)と、ビセンテ・ガルシア・デ・ラ・ウエルタ(Vicente García de la Huerta 一七三四―八七)だけは注目に値する劇作家であった。前者は、悲劇『ルクレシア』(*Lucrecia*)や『オルメシンダ』(*Hormesinda*)で人気をさらい、演劇評論『スペイン演劇に対する失望』(*Desengaños al teatro español* 一七六三)では、幕間劇《エントレメス》やサイネーテ(これも幕間に演じられる短い出し物)の作家たちを非難するかと思えば、カルデロンやロペ・デ・ベーガなど前世紀の作品についても、道義に悖《もと》り筋展開も錯綜し真実味に欠けるとして論難を浴びせ、さらに聖体劇についてはアレゴリーの真意が理解できておらず、構成がでたらめだとして上演の禁止を求めている。ガルシア・デ・ラ・ウエルタは、一七七五年に新古典主義的な史劇『ラケール』(*Raquel*)の上演で当時の文壇に衝撃を与え一躍有名になった。これは十八世紀の悲劇の中でも最高の傑作であると当時の批評家たちから太鼓判を押されたが、後々この作品がバロック的なのか、新古典主義的なのか、ロマン主義的なのかをめぐり意見が分かれるところとなった。

このように前世紀のバロック演劇の名残ともいえる芝居を擁護する人たちと、新たな芝居を模索しようとする新古典主義派の人たちとのあいだに対立が生じ、カルロス三世のときにそのピークを迎えたが、すぐにも新古典主義を標榜する劇作家たちに軍配があがった。その結果、風紀を乱すような芝居に対する規制がそれまで以上に厳しくなり、良俗を保護しようとする聖職者たちの主導によって検閲がさらに強化された。芝居をとおして観客に道徳やよき習慣を教えれば、新古典主義演劇は大衆を無知から救い、社会の秩序を守らせるのに一役買い、それが権力者の安泰にもつながるとして、無条件で政府から庇護を受けたのである。政府の代表としてアランダ伯爵が一連の演劇改革にのり出し、一七六三年に劇場の整備や芝居環境の改良にとり組むと、新古典主義演劇がより推進されるようになった。

そうした中、バロック演劇を象徴するともいえる聖体劇は、一七六五年に上演が禁止された。実際のところ聖体劇の上演をめぐる議論は前々からあり、十八世紀になってもこの議論はやまなかった。ルサンのように寓意的芝居に称讃を送る立場をとる者もいたが、事実、客寄せのために踊りや歌まで採り入れ、派手な舞台装置や衣装が観客の注意を惹くだけのものに成り下がっていたことや、内容的にも聖なるものと俗なるものとの混淆《こんこう》がカトリック教会を冒瀆するものであったことから、もはや時代遅れだとの結論に達し、廃止されたのである。

他方、芝居の幕間に演じられるサイネーテが人気を博するようになった。サイネーテの本来の目的は、目玉となる芝居の幕間を陽気な雰囲気で包むことにあるのだが、『新作喜劇』でも言及されているように、十八世紀後半にもなるとそれ自体が人々の娯楽の対象へと変化した。その特徴は滑稽であり、ときには辛辣な諷刺を効かせることもあるが、一般的には表面的な風俗描写の域を出ない。これはルネサンス演劇を民衆のものにしたロペ・デ・ルエーダ(Lope de Rueda 一五一〇?—六五)のパソ(幕間に演じられる寸劇)や、セルバンテスおよびルイス・キニョーネス・デ・ベナベンテ(Luis Quiñones de Benavente ?—一六五一)の幕間劇に由来する一種の伝統演劇である。軽快な調子で人々の会話が進展し、その中にセギディーリャといった歌や音楽も導入された。このサイネーテで名を馳せたのが、ラモン・デ・ラ・クルス(Ramón de la Cruz 一七三一—九四)である。彼は当時の人々の風習を生き生きと舞台空間に描き出したという点では価値ある作家だが、社会問題を深く掘り下げるほどのものではなく、諷刺や皮肉も観客を笑わせる程度のものでしかなかった。

フェルナンデス・デ・モラティン——人と作品

レアンドロ・フェルナンデス・デ・モラティンは、作家ニコラス・フェルナンデス・デ・モラティンの長男として、一七六〇年三月一〇日にマドリードで生まれた。ちょうどカルロス三世の治世が始まった翌年のことである。

幼い頃に天然痘にかかり、その後遺症として顔にあばたができ、それがもとで引っ込み思案な性格になったと言われている。初等教育以外、学校での悪質な教育からわが子を守ろうという父親の配慮から、残りの教育は家庭内で補われた。学校では友だちができず、子供らしい遊びもしなかった。その反面、父のおかげで子供の頃から文学的環境に恵まれ、読書に親しむことができた。七九年には、「グラナダ占領」という詩でスペイン王立アカデミーの詩作コンクールに応募し入選している。

モラティンの初恋の相手は、フォメント通りにあった自宅の同じ建物の階上に住むサビナ・コンティという娘だったが、一七八〇年に両親の意向にそって年上の叔父と結婚した。しかし、この儚《はかな》い恋はのちにモラティン演劇の主要テーマとなって表れることになる。同年に父ニコラスが亡くなると、五年後には母が他界した。宝石商としての生活は楽ではなかったので、この頃から作家として身を立てられるよう模索し始める。八七年、政治家であり詩人であったホベリャーノスの口利きにより、カバルース伯爵の秘書として仕えながらパリに一年間滞在する機会を得た。このときヴェネチアの劇作家カルロ・ゴルドーニ(一七〇七—九三)と知己を得ると同時に、フランスの喜劇作家モリエールの感化も受けている。

カルロス四世が即位すると、フランス革命やナポレオン戦争の影響もあって、波瀾万丈の治世が始まった。モラティンはマドリードに戻ったあと創作活動に入り、八九年には当時の演劇の弊風を痛烈に諷刺した『衒学者《げんがくしゃ》たちの敗北』(*La derrota de los pedantes*)という散文を刊行。九〇年にはエストレマドゥーラ出身の近衛兵マヌエル・ゴドイと友誼《ゆうぎ》を結び、経済的支援を得るとともに、五年前にすでに脱稿していた『老人と少女』(*El viejo y la niña*)をマドリードのプリンシペ劇場で上演した。この年に『猫かぶり』(*La mojigata*)と『新作喜劇もしくはエル・カフェ』(*La comedia nueva o el café*)を書き、後者は九二年にプリンシペ劇場での上演が実現した。

一七九二年にゴドイが宰相になると、モラティンは彼の援助により教育視察の名目で革命最中のフランスへと赴くが、恐ろしさのあまりイギリスへ逃れ――『手記』(*Apuntes*)はこの国の滞在記――、その後ドイツ、スイス、イタリア――『イタリア旅行』(*Viaje a Italia*)――を旅行し、スペインに帰国するのは九六年になってからであった。帰国後は外国語翻訳局の秘書を務めた。その二年後には画家フランシスコ・デ・ゴヤと親交を深め、その一方でフランシスカ・ヘルトゥルーディス・デ・ムニョースという女性と知り合い、二人の交際が始まった。彼女との関係については『日記』(*Diario*)や『書簡』(*Epistolario*)に詳しく綴《つづ》られており、それらによればモラティンは最後までプロポーズをしないまま、二人の交際はフランシスカがずいぶん年の離れた軍人と結婚する一八〇七年まで続いた。興味深いことに、このフランシスカは『娘たちの空返事』(*El sí de las niñas*)に登場する女主人公と同じ名前である。

一七九九年、モラティンは演劇改革委員会の委員長に任命されるが、数日間務めたあと辞任する。一八〇三年には『男爵』(*El barón*)に手を加え、喜劇のかたちで上演。その翌年には『猫かぶり』が舞台に掛けられた。彼の代表作であり、最後の創作劇『娘たちの空返事』が上演の運びとなったのは一八〇六年である。

一八〇八年三月、反ゴドイを叫ぶ民衆がアランフエスで暴動を起こし、その結果ゴドイは失脚。カルロス四世とフェルナンド七世は王位をナポレオンに委譲したため、兄のジョゼフがホセ一世としてスペイン王に任命された。モラティンはフランスを支持したことによって、一一年には王立図書館の主席司書官に任命されるが、翌一二年にはアラピレスの戦いでイギリス・スペイン連合軍がフランス軍を破り、フランス軍がマドリードを撤退すると、親仏派《アフランセサード》とみなされ、バレンシア、ペニィスコラ、バルセロナを経由してモンペリエ、パリ、ボローニャへと移り住むことを余儀なくされた。二〇年、フェルナンド七世の恩赦によりバルセロナに戻るが、ペストが流行したため翌年ふたたびスペインをあとにし、バイヨンヌからボルドーへと移り住んだ。ボルドーでは友人マヌエル・シルベーラ一家の世話になりながら、『スペイン演劇の起源』(*Orígenes del teatro español*)を脱稿。死の一年前にはパリへ行き、当地で六十八年の生涯を閉じた。

モラティンは臆病で引っ込み思案であり、友人の数も少なかったが、そうした友人たちとは生涯固い友情で結ばれていた。若い頃にはヨーロッパ各地を旅したこともあり、帰国後は自国の後進性、旧態依然とした因襲、人々の無知・無教養に胸を痛めた。客観的な目で社会の様相を見つめ、物事を冷静な目で分析すればするほど、自国に進歩発展が必要なことは分かったが、そうかといってあえて改革的な行動に出ることはなく、煮え切らない部分も持ち合わせていた。フランス軍侵略のときには、他の進歩的な親仏派と同様、自分たちの理想とは程遠いスペインの王政を支持すべきか、自由と進歩をもたらすフランス側を支持すべきか大いに迷ったすえ、フランス側につくことを選んだ。

モラティン演劇の神髄は、先に述べたずいぶん年下の娘たちとの恋愛およびフランス贔屓《びいき》の二点に集約されていると言っても過言ではなかろう。創作劇は『老人と少女』(一七九〇上演)、『新作喜劇』(一七九二上演)、『男爵』(一八〇三上演)、『猫かぶり』(一八〇四上演)、『娘たちの空返事』(一八〇六上演)の五篇だけである。これは十七世紀の劇作家たちの作品数にくらべるとはるかに少ないが、それでも彼は何度も推敲を重ねたことで、どれも洗練された完成度の高い作品に仕上げている。劇作品以外には前述の『スペイン演劇の起源』を刊行しており、スペイン古典演劇に関する深い知識を持ち合わせていたことがわかる。また詩作品では、当時の演劇の弊風を痛烈に諷刺した前述の『衒学者たちの敗北』があり、ほかにも敬愛してやまなかったモリエールの改作劇二篇『亭主学校』と『いやいやながら医者にされ』、シェイクスピアの『ハムレット』の翻訳がある。

劇作品の特徴

創作劇五篇に共通する点といえば、いずれにも革新的・合理的・批判的精神にもとづいた啓蒙思想の精神が反映されていることである。道徳的意図が明らかであり、三一致《さんいっち》の法則にしたがって作劇されていて、劇全体としては洗練されているものの、それらが縛りとなって多少躍動感に欠く嫌いがある。十七世紀のバロック演劇がこうした規則とは関係なく破天荒な試みによって真実味を追求し、秀作を数多く生み出したのに対し、モラティン劇ではこの法則の厳守こそが真実味には欠かせない要素となるのである。

では、新古典主義演劇の旗標を掲げるモラティンの眼鏡にかなった芝居とはどういうものであったのか。若い頃、フランス、イギリス、イタリアを旅行し他国の生活に馴染んだあと、帰国後に祖国の大幅な文化的後進性を目の当たりにすると、さっそく文学作品をとおして理知的でないものに対して揶揄《やゆ》し始めた。それもフランスの啓蒙主義の影響を受けたことで、それをそのままスペイン文学に適用したのである。

スペインにおける新古典主義の導入が決定的となったのは、前述のルサンが『詩論』を上梓したことに起因している。ルサンの考えは、フランス語風の表現を多用するのではなく、伝統的概念である自然の模倣を重視し、芸術に教育性を盛り込むというものであった。すなわち、詩〔劇詩〕たるものは人々を楽しませると同時に、道徳的・教育的要素が含まれた有益なものでなければならず、そうすることによって自然の完璧な模倣が実現するというのである。さらには、完璧なキリスト教を求めるルサンにとって、異教の神々が登場する神話は題材としては不適格なものであった。カルデロンなどバロック演劇の劇作家たちの才能を認めはするものの、悲劇と喜劇を混ぜ合わせたり、道徳的意図が蔑《ないがし》ろにされたり、古典演劇で守られていた三一致の法則が破られたりという、自由な創作劇に対しては非難の矛先を向けた。アリストテレスとその解釈者たちが説いた文学理論を遵守し、三一致の法則を強く求め、芝居が教育の学校として機能すべきであることを主張したのである。

モラティンもこれに倣い、美的視点からこの路線にそって作劇すること、バロック演劇の特徴であった悲喜劇を避けること、上品な趣味を損なわないこと、俗っぽい口調を避け洗練された言葉遣いを用いること、表情や身振り手振りの誇張をやめ自然体を尊重すること、節度ある感情表現に努めること、そして自然体を尊重しながら真実味を重視し――現実を偽るような空想や突飛な出来事は避ける――、道徳的・教育的配慮がなされた筋展開に仕上げることをよしとした。一八二五年にパリで書いた、文学的証言ともいえる「序論」("Discurso preliminar")――『喜劇集』(*Comedias*)所収――を見ると、芝居を真実と美徳の模範と考え、「人々の個人的な性格、まったくの無知、教育や人との関わりによって身につける謬見《びゅうけん》、矛盾や残忍さを含む無益で馬鹿げた多くの法律、家長の権限およびそのように仕向ける不適切な規範の乱用、一般的または宗教的・政治的偏見、同業者意識、階級および同郷意識、風習、怠惰、自尊心、模範、個人的利益などから生じる頻繁に陥りやすい過ちが提示されていれば、よき芝居である(……)」と記している

（以下、拙訳）。また、一七九二年のマヌエル・ゴドイに宛てた手紙には、「演劇が民衆の愚行や習慣に与える影響力の大きさは誰もが認識しております。（……）悪しき芝居は人々の風習を損なわせ、もしそうなってしまうと、今度は正当な法治国家を維持するのが困難となり、堕落した無知な大衆と絶えず睨み合うことになってしまいます」とある。こうした思いは後年になっても変わらず、当時大衆に人気のあった前世紀風の芝居に対して、『詩的訓諭』（*Lección poética* 一七八二）の中では次のように述べている。

演劇について、作者はわが国の時代遅れの詩人たち〔劇作家たち〕に対して、彼らが悲劇と喜劇を混ぜ合わせ、三一致の法則を遵守せず、社会の風習を無視し、叙事詩的要素を採り入れ、話の筋に道徳的・教育的目的を示すことなく、民衆の悪癖を持ち上げ、社会的地位の高い人たちの悪習を積極的に称讃すべき行為として推奨していることを非難する。また、道化《グラシオーソ》と呼ばれる者が発する不躾《ぶしつけ》で下品な冗談、貴族の若者たちの口を衝いて出る気どった表現、不吉な短剣や亡霊の出現、辱めを受けた王女たち、若い娘の家の前で歌う男たち、隠匿行為、剣を抜いての喧嘩、見せかけの体面、リボンや花や肖像をめぐり幾度となく繰り返される諍《いさか》いが生み出す入り組んだ筋、そして縺《もつ》れた筋立てを終わらせるための意図的でつまらない大団円などに対しても同様である。

さらに「序論」には、カニサーレスやガルシア・デ・ラ・ウエルタを含めた当時の人気劇作家たちに対する酷評が短いながらも記されていることから、晩年に至っても新古典主義の規則に反する劇作家ないしは劇作品に対する妥協のない批判的態度は一貫したものであったことが窺える。

『娘たちの空返事』

この作品は上演前の一八〇五年に出版され、そこには一一月二八日付けで「はしがき」が掲載されており、翌年には再版されている。上演は一八〇六年一月二四日、マドリードのクルス劇場であった。観客の拍手喝采を浴び、モラティンの庇護者であり「平和公」と呼ばれたマヌエル・ゴドイも観劇した。上演は大成功で、四旬節のため劇場が休演するまで二十六日間も続いた。当時としては異例のことで、人気のあった〈魔術の喜劇〉でさえも、そこまで長期間の興行はなかった。また地方でもマドリードと同じ時期に上演され好評を博した。こうした人気にあやかり、作品は同年だけでも四版を重ねるほどであった。作品自体は一八〇一年七月にはすでに完成し、上演までの約四年半のあいだに少なくとも六回は友人の前で披露されている。ただし、手稿は残されていない。作品の評価をめぐってはさまざまな意見が飛び交い、「はしがき」にも記されているように、例外はあったものの、それらのほとんどは手書きによるものであった。

主要テーマは老年に近い男性と若い娘の結婚であるが、この年齢差のある夫婦の結婚は、一七九〇年に上演された『老人と少女』でも扱われている。筋立てはそれぞれ異なるにしろ、作者のメッセージは大同小異である。『老人と少女』のイサベルにはドン・フアンという恋人がいたにもかかわらず、彼女の後見人の口車に乗せられ、やむなく年老いたドン・ローケと結婚する。その後、かつての恋人が現れると、彼女の心にふたたび恋心が甦り、もどかしさを覚えながらも結末では結婚生活のほうを優先する。その結果、ドン・フアンはインディアスに去り、彼女は修道院に身を引くという話である。この作品には、本人の望まない強制結婚は不幸を招くだけであるという作者の思いが込められている。

こうしたテーマは、古くはラテン演劇、ルネサンス・イタリアの「コメディア・デラルテ」にも見られ、そこでは色好みの滑稽な老人としてからかいの対象となるのが普通であった。セルバンテスの幕間劇『嫉妬深い老人』(*El viejo celoso*)――『やきもちやきのエストレマドゥーラ人』(*El celoso extremeño*)という模範小説もある――や、フランシスコ・デ・ローハス・ソリーリャ(Francisco de Rojas Zorrilla 一六〇七―四八)の『愚かなる遊び』(*Entre bobos anda el juego*)でも、老人が諷刺の対象として面白おかしく描かれているため、テーマそのものには目新しさはない。おまけに筋書きからしてもフランスの劇作家・小説家マリヴォー(一六八八―一七六三)の『母親の学校』の影響も無視できない。『娘たちの空返事』のドン・ディエゴは、ある意味でモラティン自身を象徴しているかのようで、決して高飛車に振る舞ったり娘の母親の打算的な考えに同調したりすることはなく、終始冷静に物事を判断する人物として描かれている点では、いかにも新古典主義の演劇手法らしく、作者の誠実さが滲《にじ》み出ていると言えよう。

物語はアルカラ・デ・エナーレスの一軒の宿で、夕方の七時から翌朝五時までの間に展開する。プロットも一貫しており、まさに三一致の法則を遵守した典型的な新古典主義演劇である。登場人物の言葉遣いは、ありふれた日常会話で使われるような飾り気のない口調で綴られているためか、さほど厳格に文法にはこだわっておらず、話者同士の会話が突然途切れたり、言葉はいつもすらすら出ては来ないものだとでも言いたげに点々(……)が頻繁に用いられたりする。このことは本書に収録された『新作喜劇』にも当てはまる。主人公は、五十九歳の裕福な紳士ドン・ディエゴである。身寄りといえばサラゴーサに駐屯している甥の軍人ドン・カルロスしかいない。彼は晩年の寂しさを紛らわすために、家柄はよいが貧しさから逃れようと躍起《やっき》になっているドニャ・イレーネに説得され、娘のドニャ・フランシスカとの結婚を承諾する。というのも、ドニャ・イレーネにとって二人の結婚が成立すれば、この先裕福な暮らしが約束されるからである。ところが、娘のほうは親たちの知らないところですでにドン・カルロスと相思相愛の仲にある。こうした状況の中でドン・ディエゴは、かねて彼女の母親からは無邪気な娘だと吹き込まれていた当の本人に恋人がいることを知り、さらに母に服従しようとする娘のいじらしさを知って心を打たれると、寛大な心で自分の甥と彼女との結婚を快く承諾する。そしてこの結婚に対して損はないと大喜びするドニャ・イレーネにドン・ディエゴは次のように述べる。

甥っ子と娘さんは熱烈に愛し合っていたわけで、あなたや伯母さん方は勝手に空中楼閣を築き、このわしに儚《はかな》く消え去ってしまうような夢をやまほど見せてくれたってわけですよ……こうなったのも若い人たちを苦しめるような親の権限や抑圧に原因があるにもかかわらず、両親や後見人たちはこれをまちがいのない証《あかし》だとするもんですから、娘たちの空返事をどうしても鵜呑みにしてしまうことになるんです……わしは偶然にも自分の過ちに気づかせてもらったものの……気づくのが遅れたなんてことにでもなれば、いい面の皮ですからね！（三幕）

この物語の背景には、若き日のモラティン自身の淡い恋物語や、友人のホセ・アントニオ・コンデが下宿していた家の娘、前述のフランシスカとの恋愛体験があるという見方もある。というのも、彼が三十八歳のときに若いフランシスカに懸想し彼女とつきあい始めるが、持ち前のきまじめさ、内気な性格、優柔不断がわざわいしてか、理由は定かではないが――『日記』によれば、彼女の母親が二人の別離に一枚嚙《か》んでいた可能性もある――彼女は一八〇七年にフランシスコ・バルベルデという軍人と結婚しているからである。それにもかかわらずその後も彼女に対しては、父親のような愛情を示していたことが彼の『日記』や彼女への手紙からも読みとれる。モラティンがマドリードを去るときにも友人の画家フランシスコ・デ・ゴヤが描いてくれた肖像画を形見として残しているし、バルセロナやフランスに渡ってからも手紙を出し続けたところに、フランシスカへの温かい思いやりが感じられる。

もちろん作中に描かれている内容は決して現実の写しではなく、特定の個人についての言及でもない。モラティンが主張したかったのは、若い娘の意志を削《そ》ぐような親の身勝手な教育への批判と過度な親の権力からの解放であった。娘の自由意志を尊重したうえで結婚すべきだという考えを強調しつつ、社会に警鐘を鳴らすことであった。いわば、古くさくて不自由な社会的束縛から人々を解放することであった。そのため、自分自身の分身ともいえるドン・ディエゴを描写するにあたっては、十七世紀の作家に見られるような滑稽かつグロテスクな老人のイメージとはまったく異なる、物わかりがよく人間味のある人物として描いたのである。へたをすると嘲笑《ちょうしょう》の対象ないしは好色漢になりかねない老主人公が、ここでは不当な結婚に異議を唱え、若者の結婚に理解を示す、知的で寛大な好々爺《こうこうや》となっている。その一方で、娘の幸せを犠牲にしてまで自分の幸せを求めようとするドニャ・イレーネからは、自身の老後の安泰を心配することしか頭にない身勝手な人物、むしろ哀れで滑稽な母親のイメージが浮上する。社会のどうしようもない因襲にどっぷりとつかるステレオタイプとして、作品では唯一の悪役的存在である。

改めてこの作品の主人公を考えてみると、娘のドニャ・フランシスカは最後まで、周囲の状況に縛られ身動きのとれない心境のまま、ドン・ディエゴとドニャ・イレーネの二人に振り回され続けることを考えると、題名にある「空返事」は確かにドニャ・フランシスカのものだが、モラティンの意図を鑑《かんが》みれば、筋展開を大きく動かしているのはやはり二人の初老の人物ということになろう。

『新作喜劇』

この作品は五度の検閲を乗り越え、一七九二年二月七日にエウセビオ・リベーラ一座によってマドリードのプリンシペ劇場で上演された。作品の背景には、新古典主義の演劇からみて凡作が舞台を賑わせていた当時の演劇界に対する辛辣な批判が込められている。全体が二幕からなり、筋展開そのものは単純明快であり、生き生きとした散文で書かれている。ここでは劇中劇としてドン・エレウテリオが書いた三文喜劇をもとに、当時の行き過ぎた大衆演劇の実態が戒められ、演劇界に一石を投じるかたちとなっている。三一致の法則にしたがい、事件は一日の午後の二時間ほどの間に解決してしまうため、見方によっては大団円が多少不自然に見えてしまう嫌いがある。言葉遣いは十八世紀のマドリード市民独特の言いまわしは時折あるにせよ、諷刺の対象となっているドン・エルモヘネスのラテン語とギリシア語を入り混ぜた台詞以外は、もったいぶった言い方は見られず質素である。カフェでの会話がそのまま再現されたような印象を受ける。込み入った筋運びや、感情のもつれ、道化による滑稽な場面はなく、大掛かりな舞台装置や派手なパフォーマンスもない。

舞台となるのは劇場近くのカフェである。主人公のドン・エレウテリオは友人のドン・エルモヘネスのすすめにより、また妻ドニャ・アグスティーナの励ましもあって、自作の『ウィーン大包囲』を舞台にかけ、芝居の成功とともに報酬が得られることを願っている。そのため自分の芝居が当たるように役者たちに媚《こび》を売ったり、ライバル関係にある他の劇場に通い詰める貴婦人たちに贈り物をしたり、ごまをすったりする。友人のほうは今回の出し物が駄作であることを知りつつも、持ち前の学識をひけらかしながら、芝居が万が一にも喝采を浴びれば、借金の支払いや彼の妹ドニャ・マリキータとの結婚もかなうと踏んで、あえて欠点を指摘せずドン・エレウテリオをおだて続ける。ドニャ・アグスティーナは知ったかぶりをする女性で、主婦の仕事（家事や子供の世話）をするかわりに、夫の作劇の後押しをし、芝居のことしか眼中にない。彼女と対照的なのがドニャ・マリキータで、彼女は読み書きのできる家庭的な娘である。

一方、脇役としてドン・セラピオ、カフェの給仕ピピー、劇中重要な鍵を握ることになるドン・アントニオとドン・ペドロが上記の人物に加わる。ドン・セラピオは毎日朝食をカフェでとったり、別の場所では友人たちと芝居の話や役者の演技や私生活についてのうわさ話に興じたりと、根っからの芝居好きである。ドン・アントニオは善良で教養のある人物で、芸術作品を吟味しその良し悪しの判断がきちんとできるにもかかわらず、本当のことを言って相手を傷つけたくないばかりに本音は語らない。それでも示唆に富む皮肉から彼の真意が伝わってくる。ドン・ペドロは裕福で高潔な人物ではあるが、無愛想かつ頑固である。ドン・アントニオのように真意を偽り隠すことのできない性分で、人当たりも素っ気ないため、どうしても他人を見る目が厳しくなり、歯に衣着せぬ物言いで相手をやり込めてしまう。劇中では上演予定の作品について手厳しい批判を浴びせる役割を担っている。

このようにそれぞれの思惑が飛び交うなか、芝居はさんざんな結果に終わる。これを見てドン・エルモヘネスは手のひらを返すように作家を責め立て去っていくが、それまで批判を浴びせ続けてきたドン・ペドロは逆に、若き劇作家が芝居の上演に踏み切ったのも家族を扶養するためだったと知るや、仕事の世話までするという寛大さを示す。同時に、ドン・エレウテリオはおのれの詩才のなさを認め、妻はこれまで家庭内のことを顧みず無益な議論を繰り返してきたことを反省し、夫婦ともに新たな生き方を模索しようとする。当初は気むずかしく思われたドン・ペドロであったが、いざというときに何の役にも立たない偽善者ドン・エルモヘネスとはちがい、他人の不幸を見捨てることなく、慈悲をかけてくれる鷹揚な人物であることが証明され、新古典主義演劇の大団円にふさわしく、最後の教訓的な言葉が生きることになる。

あなたはこれまでずっと騙され続けてきたんです。ご自身への愛着、必要に迫られていたこと、他人が作劇していること、教育の不足が、あなたにでたらめな劇を書かせたってわけですよ。それを観客が教訓としてしっかり諭《さと》してくれたんです。しかし、このことによってご自分を見つめ直し、行いを改められるわけですから、とても有意義だったと言えるでしょう。（二幕）

『新作喜劇』はモラティンの二作目の上演ということで、このときは宰相マヌエル・ゴドイの庇護に助けられた。当時の『マドリード日報《ディアリオ・デ・マドリード》』は、「『新作喜劇』は評価に値する作品である。技法としては人生に忠実であり、各出来事も実質上役に立つもので、道徳的目的も言うことなしである。いわば、よき風習の学校であり、よき風趣の寺院である。各局面はとても自然に描かれ、エピソードも適切であり、メインプロットにうまく融合している。文体は自然で、親しみやすく、各登場人物の性格にマッチしている。要するに、三一致の法則やその他の規則がそういう意味では遵守され、機転の利くところや細やかな美しさを損なうこともなく、これらは作品を通して散在する」と絶讃している。まさに新古典主義演劇の理想的な作品であり、その背景には当時の悪趣味な演劇事情が色濃く反映されている。そのため嘆賞の声が上がる一方で、とりわけ自分が誹謗されたのではないかと邪推する三文文士たちからの誹《そし》りも受けることになった。

作中、衒学者に対する非難も含め、当時の演劇界に対する批判の言葉があちこちに散見される。大規模な舞台装置や突飛な筋立てによって観客を魅了し続けた当時の芝居に対して、非難の矛先が向けられているわけだが、モラティンとしては事実をそのまま記録したのではなく、あくまでも真実味を尊重しながら創作したのである。それでも、モラティンが特定の劇作家に対して非難の矛先を向けたのではないかということで、批判の対象にされたと思われる劇作家の名前まであげる批評家たちもいた。事実、モラティンと同時代の人たちや後世の人たちもモデル探しをしたようで、それによればドン・エルモヘネスはクリストバル・クラデーラ(Cristóbal Cladera)という人物であり、彼はフルヘンシオ・デ・ソトというペンネームを使い、モラティンの『老人と少女』をラテン語を交えながら衒学的な口調で批判したいわくつきの人物であった。クラデーラはモラティンと同い年で、バレンシアで博士号を取得した聖職者であった。一八〇〇年にもシェイクスピア作『ハムレット』のモラティン訳を批判した小冊子を発表している。モラティンの友人フアン・アントニオ・メロンによれば、どうやら彼こそがドン・エルモヘネスのモデルらしいとのことである。一方、ドン・エレウテリオのモデルとしては、一〇〇篇以上の戯曲を書き、一世を風靡した劇作家ルシアーノ・フランシスコ・コメーリャ(Luciano Francisco Comella 一七五一—一八一二)が有力候補である。なぜなら、『新作喜劇』が上演される以前に、風評によりコメーリャは自分と家族(妻と娘)が誹謗と諷刺の対象となっているのではないかと疑い、芝居の上演禁止を求めたからである。事実、彼は一七九〇年に『カレー包囲作戦』(*El sitio de Calés*)を上演しており、これがモラティンの劇中劇のモデルと考えられたのである。この作品は観客の感情に訴えるためにオーケストラをまじえての音楽的効果と壮大な光景を売り物に、大いに観客を熱狂させたものの、文学的価値は今一つであった。ちなみに、コメーリャの訴えは、カスティーリャ諮問会議の議長が調査を委ねた二人の検閲官がモラティンの友人であったことが幸いし退けられて、『新作喜劇』は無事上演の運びとなった。コメーリャの一派といえば、当時流行の芝居を数多く書いたバリャダーレス・デ・ソトマヨールだが、彼も、モラティンやフアン・パブロ・フォルネール（Juan Pablo Forner 一七五六―九七）からは――むろん評価する人たちもいたが――、報酬目当ての三文文士で、舞台や書店を悪趣味な作品で満たす二流の作家と酷評された人物であった。

こうした見解が正しいかどうかはさておき、当時の演劇界全体の混沌たる状況を考えると、それに対するモラティンの批判的感情が剝き出しになっているのは明らかである。台詞の中の批判的な言葉の多さからして、内気な性格のモラティンが、大胆にもそこまで自分の理想的な演劇論とは相容れない芝居を批判しているのかと思うと、大半の人はこれはただごとではないと判断するであろう。たとえ特定の人物を標的にしていなくても、少なくとも執筆にあたってはとるに足りない劇作家連中のことが彼の脳裏に浮かんだことは容易に想像がつく。確かにこの作品は、多くの傑作が生まれた十七世紀にくらべるとさほど大作が生まれなかった時代にあって、文学的には評価の高い作品である一方、見方によっては劇芸術であると同時に、劇空間を利用して当時の演劇界を暗に批判した論評であるとも解釈できよう。

訳者あとがき

『娘たちの空返事』は半世紀以上も前に会田由訳による『娘たちの「はい」』と題して岩波文庫に収録されたが、『新作喜劇』は本邦初訳である。前者には英訳が複数あるのに対し、後者には珍しく英訳はない。そのかわりに百六十年ほど前に刊行されたフランス語訳がある。

今回も文庫編集長・入谷芳孝氏の文芸の発展を見越してのご理解とご尽力があって刊行の運びとなったことは訳者として感慨無量であり、心から感謝の意を表する次第である。

現状ではスペイン文学の本質がまだまだわが国に浸透していないことを考えると、モラティン劇はスペイン文学史からすれば一部にすぎないが、当時の文学理論・技法からすると、少なくとも十八世紀スペイン社会の一側面を如実にとらえているため、『娘たちの空返事』および『新作喜劇』にはそれ相応の歴史的価値があると言えよう。

翻訳にあたっては以下の版を参照し、適宜邦訳、英訳、仏訳を参考にした。

Leandro Fernández de Moratín, *Obras de don Nicolás y don Leandro Fernández de Moratín*, ed. Buenaventura Carlos Aribau, Madrid: BAE (vol. 2), 9.ª ed., 1944.

——, *Teatro*, ed. F. Ruiz Morcuende, Madrid: Espasa-Calpe, 2.ª ed., 1949.

——, *La comedia nueva/El sí de las niñas*, ed. John Dowling y René Andioc, Madrid: Castalia, 1968.

——, *El teatro completo*, I, ed. Fernando Lázaro Carreter, Barcelona: Labor, 1970.

——, *La comedia nueva/El sí de las niñas*, ed. Gillermo Díaz-Plaja, Barcelona: Planeta, 1984.

——, *La comedia nueva/El sí de las niñas*, ed. Jesús Pérez Magallón con un estudio preliminar de Fernando Lázaro Carreter, Barcelona: Crítica, 1994.

——, *La comedia nueva o el café*, ed. Joaquín Álvarez Barrientos, Madrid: Biblioteca Nueva, 2000.

——, *El sí de las niñas/La comedia nueva*, ed. René Andioc, Madrid: Espasa-Calpe, 43.ª ed., 2008.

——, *La comedia nueva/El sí de las niñas*, ed. Jesús Pérez Magallón, Madrid: Real Academia Española, 2015.
——, *Théâtre espagnol. Les Comédies*, tr. Ernest Hollander, Paris: Librairie de Firmin Didot Frères, 1855.
——, *The Maiden's Consent*, tr. Harriet de Onís, New York: Barron's Educational Series, 1962.
——, *A Translation of Leandro Fernández de Moratín's 《El sí de las niñas (An Innocent Girl's Consent)》*, tr. Robert G. Trimble, New York: The Edwin Mellen, 2005.
モラティン『娘たちの「はい」』、会田由訳、岩波文庫、一九五三年。

参考文献

Andioc, R. "El teatro en el siglo XVIII", *Historia de la literatura española. III: Siglos XVIII y XIX*, ed. J. Mª. Díez Borque, Madrid: Taurus, reimpr., 1982, 201-9.
——, *Teatro y sociedad en el Madrid del siglo XVIII*, Madrid: Castalia, 2. ª ed., 1987.
Coe, A. M. *Catálogo bibliográfico y crítico de las comedias anunciadas en los periódicos de Madrid desde 1661 hasta 1819*, Baltimore: The Johns Hopkins Press, 1935.

Cook, J. A. *Neo-classic Drama in Spain: Theory and Practice*, Dallas: Southern Methodist Univ. Press, 1959, 342–43.

Dowling, J. *Leandro Fernández de Moratín*, New York: Twayne, 1971.

Fernández de Moratín, L. *Comedias*, "Discurso preliminar", *Obras de don Nicolás y don Leandro Fernández de Moratín*, op. cit., 507–25.

——, "Nota de Moratín" (ed. de Paris, 1825), *La derrota de los pedantes/Lección poética*, ed. J. Dowling, Barcelona: Labor, 1973, 102–3.

——, *Diario*, ed. R. Ancioc, Madrid: Castalia, 1968.

——, *Epistolario*, ed. R. Ancioc, Madrid: Castalia, 1973.

Fitzmaurice-Kelly, J. *Historia de la literatura española*, Madrid: Librería General de Victoriano Suárez, 2.ª ed., 1916.

Higashitani, Hidehito. *El teatro de Leandro Fernández de Moratín*, Madrid: Playor, 1972.

Menéndez y Pelayo, M. *Historia de las ideas estéticas en España*, Buenos Aires: Espasa-Calpe Argentina, vol. 3, 1943.

Palacio Atard, V. *Los españoles de la Ilustración*, Madrid: Guadarrama, 1964.

Palacios Fernández, E. "El teatro en el siglo XVIII (hasta 1808)", *Historia del teatro en España. II: Siglo XVIII, Siglo XIX*, Madrid: Taurus, 1988, 115–20.

Rossi, G. C. *Leandro Fernández de Moratín*, Madrid: Cátedra, 1974.
Ruiz Ramón, F. *Historia del teatro español* (*Desde sus orígenes hasta 1900*), Madrid: Cátedra, 7.ª ed., 1988.
Subirá, J. "La participación musical en las comedias madrileñas durante el siglo XVIII", *Revista de la Biblioteca, Archivo y Museo del Ayuntamiento de Madrid*, 7, 26 (1930), 1-14.
Valbuena Prat, A. *Historia del teatro español*, Barcelona: Noguer, 1956.
佐竹謙一『スペイン文学案内』、岩波文庫、二〇一三年。
佐竹謙一「モラティンの『新作喜劇』再考――文学作品としての芝居か、劇形式を借りた特定の劇作家への批判か――」『スペイン学』、行路社、一三号、二〇一一年、四三―五七。
関哲行・立石博高・中塚次郎編『世界歴史大系　スペイン史』、1&2、山川出版社、二〇〇八年。

娘《むすめ》たちの空返事《からへんじ》 他一篇　モラティン作

2018年2月16日　第1刷発行

訳　者　佐竹謙一《さたけけんいち》

発行者　岡本　厚

発行所　株式会社 岩波書店
〒101-8002 東京都千代田区一ツ橋 2-5-5
案内 03-5210-4000　営業部 03-5210-4111
文庫編集部 03-5210-4051
http://www.iwanami.co.jp/

印刷・三陽社　カバー・精興社　製本・中永製本

ISBN 978-4-00-377005-4　　Printed in Japan

読書子に寄す

——岩波文庫発刊に際して——

岩波茂雄

真理は万人によって求められることを自ら欲し、芸術は万人によって愛されることを自ら望む。かつては民を愚昧ならしめるために学芸が最も狭き堂宇に閉鎖されたことがあった。今や知識と美とを特権階級の独占より奪い返すことはつねに進取的なる民衆の切実なる要求である。岩波文庫はこの要求に応じそれに励まされて生まれた。それは生命ある不朽の書を少数者の書斎と研究室とより解放して街頭にくまなく立たしめ民衆に伍せしめるであろう。近時大量生産予約出版の流行を見る。その広告宣伝の狂態はしばらくおくも、後代にのこすと誇称する全集がその編集に万全の用意をなしたるか。千古の典籍の翻訳企図に敬虔の態度を欠かざりしか。さらに分売を許さず読者を繫縛して数十冊を強うるがごとき、はたしてその揚言する学芸解放のゆえんなりや。吾人は天下の名士の声に和してこれを推挙するに躊躇するものである。このときにあたって、岩波書店は自己の責務のいよいよ重大なるを思い、従来の方針の徹底を期するため、すでに十数年以前より志して来た計画を慎重審議この際断然実行することにした。吾人は範をかのレクラム文庫にとり、古今東西にわたって文芸・哲学・社会科学・自然科学等種類のいかんを問わず、いやしくも万人の必読すべき真に古典的価値ある書をきわめて簡易なる形式において逐次刊行し、あらゆる人間に須要なる生活向上の資料、生活批判の原理を提供せんと欲する。この文庫は予約出版の方法を排したるがゆえに、読者は自己の欲する時に自己の欲する書物を各個に自由に選択することができる。携帯に便にして価格の低きを最主とするがゆえに、外観を顧みざるも内容に至っては厳選最も力を尽くし、従来の岩波出版物の特色をますます発揮せしめようとする。この計画たるや世間の一時の投機的なるものと異なり、永遠の事業として吾人は微力を傾倒し、あらゆる犠牲を忍んで今後永久に継続発展せしめ、もって文庫の使命を遺憾なく果たさしめることを期する。芸術を愛し知識を求むる士の自ら進んでこの挙に参加し、希望と忠言とを寄せられることは吾人の熱望するところである。その性質上経済的には最も困難多きこの事業にあえて当たらんとする吾人の志を諒として、その達成のため世の読書子とのうるわしき共同を期待する。

昭和二年七月

《イギリス文学》〔赤〕

- ユートピア — トマス・モア 平井正穂訳
- 完訳カンタベリー物語 全三冊 — チョーサー 桝井迪夫訳
- ヴェニスの商人 — シェイクスピア 中野好夫訳
- ジュリアス・シーザー — シェイクスピア 中野好夫訳
- 十二夜 — シェイクスピア 小津次郎訳
- ハムレット — シェイクスピア 野島秀勝訳
- オセロウ — シェイクスピア 菅泰男訳
- リア王 — シェイクスピア 野島秀勝訳
- マクベス — シェイクスピア 木下順二訳
- ソネット集 — シェイクスピア 高松雄一訳
- ロミオとジューリエット — シェイクスピア 平井正穂訳
- リチャード三世 — シェイクスピア 木下順二訳
- 対訳シェイクスピア詩集 —イギリス詩人選(1) — 柴田稔彦編
- 失楽園 全二冊 — ミルトン 平井正穂訳
- ロビンソン・クルーソー 全二冊 — デフォー 平井正穂訳
- ガリヴァー旅行記 — スウィフト 平井正穂訳

- ジョウゼフ・アンドルーズ 全二冊 — フィールディング 朱牟田夏雄訳
- トリストラム・シャンディ 全三冊 — ロレンス・スターン 朱牟田夏雄訳
- ウェイクフィールドの牧師 —むだばなし — ゴールドスミス 小野寺健訳
- 幸福の探求 —アビシニアの王子ラセラスの物語 — サミュエル・ジョンソン 朱牟田夏雄訳
- 対訳バイロン詩集 —イギリス詩人選(8) — 笠原順路編
- 対訳ブレイク詩集 —イギリス詩人選(4) — 松島正一編
- ブレイク詩集 — 寿岳文章訳
- ワーズワース詩集 — 田部重治選訳
- 対訳ワーズワス詩集 —イギリス詩人選(3) — 山内久明編
- キプリング短篇集 — 橋本槙矩編訳
- 高慢と偏見 全二冊 — ジェーン・オースティン 富田彬訳
- 説きふせられて — ジェーン・オースティン 富田彬訳
- エマ 全二冊 — ジェーン・オースティン 工藤政司訳
- 対訳テニスン詩集 —イギリス詩人選(5) — 西前美巳編
- 虚栄の市 全四冊 — サッカリー 中島賢二訳
- 床屋コックスの日記・馬丁粋語録 — サッカレ 平井呈一訳
- デイヴィッド・コパフィールド 全五冊 — ディケンズ 石塚裕子訳

- ディケンズ短篇集 — 小池滋 石塚裕子訳
- オリヴァ・ツウィスト 全二冊 — ディケンズ 本多季子訳
- 大いなる遺産 全二冊 — ディケンズ 石塚裕子訳
- 鎖を解かれたプロメテウス — シェリー 石川重俊訳
- 対訳シェリー詩集 —イギリス詩人選(9) — アルヴィ宮本なほ子編
- ジェイン・エア 全二冊 — シャーロット・ブロンテ 河島弘美訳
- 嵐が丘 全二冊 — エミリー・ブロンテ 河島弘美訳
- 教養と無秩序 — マシュー・アーノルド 多田英次訳
- アルプス登攀記 全二冊 — ウィンパー 浦松佐美太郎訳
- ハーディ テス 全二冊 — 井上宗次 石田英二訳
- ハーディ短篇集 — 井出弘之編訳
- 緑の木蔭 —和蘭派田園画 — トマス・ハーディ 阿部知二訳
- 緑の館 —熱帯林のロマンス — ハドソン 柏倉俊三訳
- 宝島 — スティーヴンスン 阿部知二訳
- ジーキル博士とハイド氏 — スティーヴンスン 海保眞夫訳
- プリンス・オットー — スティーヴンスン 小川和夫訳
- 新アラビヤ夜話 — スティーヴンスン 佐藤緑葉訳

南海千一夜物語　スティーヴンスン　中村徳三郎訳
若い人々のために 他十一篇　スティーヴンスン　岩田良吉訳
マーカイム・壜の小鬼 他五篇　スティーヴンソン　高松雄一・高松禎子訳
怪談 ―不思議なことの物語と研究　ラフカディオ・ハーン　平井呈一訳
サロメ　ワイルド　福田恆存訳
人と超人　バーナード・ショー　市川又彦訳
ヘンリ・ライクロフトの私記　ギッシング　平井正穂訳
闇の奥　コンラッド　中野好夫訳
コンラッド短篇集　中島賢二編訳
対訳イエイツ詩集　高松雄一編
月と六ペンス　モーム　行方昭夫訳
読書案内 ―世界文学　W・S・モーム　西川正身訳
世界の十大小説 全二冊　W・S・モーム　西川正身訳
人間の絆 全三冊　モーム　行方昭夫訳
夫が多すぎて　モーム　海保眞夫訳
サミング・アップ　モーム　行方昭夫訳
モーム短篇選 全二冊　行方昭夫編訳

お菓子とビール　モーム　行方昭夫訳
荒地　T・S・エリオット　岩崎宗治訳
悪口学校　シェリダン　菅泰男訳
パリ・ロンドン放浪記　ジョージ・オーウェル　小野寺健訳
動物農場 ―おとぎばなし　ジョージ・オーウェル　川端康雄訳
対訳キーツ詩集 ―イギリス詩人選(10)　宮崎雄行編
キーツ詩集　中村健二訳
20世紀イギリス短篇選 全二冊　小野寺健編訳
イギリス名詩選　平井正穂編
タイム・マシン 他九篇　H・G・ウエルズ　橋本槇矩訳
透明人間　H・G・ウエルズ　橋本槇矩訳
モロー博士の島 他九篇　H・G・ウエルズ　橋本槇矩・鈴木万里訳
トーノ・バンゲイ 全二冊　ウエルズ　中西信太郎訳
回想のブライズヘッド 全二冊　イーヴリン・ウォー　小野寺健訳
愛されたもの　イーヴリン・ウォー　中村健二・出淵博訳
イギリス民話集　河野一郎編訳
白衣の女 全三冊　ウィルキー・コリンズ　中島賢二訳

夢の女・恐怖のベッド 他六篇　ウィルキー・コリンズ　中島賢二訳
対訳英米童謡集　河野一郎編訳
完訳ナンセンスの絵本　エドワード・リア　柳瀬尚紀訳
灯台へ　ヴァージニア・ウルフ　御輿哲也訳
船出 全二冊　ヴァージニア・ウルフ　川西進訳
夜の来訪者　プリーストリー　安藤貞雄訳
イングランド紀行 全二冊　プリーストリー　橋本槇矩訳
アーネスト・ダウスン作品集　南條竹則編訳
スコットランド紀行　エドウィン・ミュア　橋本槇矩訳
狐になった奥様　ガーネット　安藤貞雄訳
ヘリック詩鈔　森亮訳
たいした問題じゃないが ―イギリス・コラム傑作選　行方昭夫編訳
英国ルネサンス恋愛ソネット集　岩崎宗治編訳
文学とは何か ―現代批評理論への招待 全二冊　テリー・イーグルトン　大橋洋一訳
D・G・ロセッティ作品集　南條竹則・松村伸一編訳

《アメリカ文学》〔赤〕

- ギリシア・ローマ神話 付インド・北欧神話 — ブルフィンチ 野上弥生子訳
- 中世騎士物語 — ブルフィンチ 野上弥生子訳
- フランクリン自伝 — 松本慎一 西川正身訳
- フランクリンの手紙 — 蕗沢忠枝編訳
- スケッチ・ブック 全二冊 — アーヴィング 齊藤昇訳
- アルハンブラ物語 全二冊 — アーヴィング 平沼孝之訳
- ウォルター・スコット邸訪問記 — アーヴィング 齊藤昇訳
- ブレイスブリッジ邸 — アーヴィング 齊藤昇訳
- 完訳 緋文字 — ホーソーン 八木敏雄訳
- 哀詩 エヴァンジェリン — ロングフェロー 斎藤悦子訳
- 黒猫・モルグ街の殺人事件 他五篇 — ポオ 中野好夫訳
- 対訳 ポー詩集 —アメリカ詩人選(1) — 加島祥造編
- 黄金虫・アッシャー家の崩壊 他九篇 — ポオ 八木敏雄訳
- ポオ評論集 — 八木敏雄編訳
- 森の生活 (ウォールデン) 全二冊 — ソロー 飯田実訳
- 白鯨 全三冊 — メルヴィル 八木敏雄訳

- 幽霊船 他一篇 — ハーマン・メルヴィル 坂下昇訳
- 対訳 ホイットマン詩集 —アメリカ詩人選(2) — 木島始編
- 対訳 ディキンソン詩集 —アメリカ詩人選(3) — 亀井俊介編
- 不思議な少年 — マーク・トウェイン 中野好夫訳
- 王子と乞食 — マーク・トウェーン 村岡花子訳
- 人間とは何か — マーク・トウェイン 中野好夫訳
- ハックルベリー・フィンの冒険 全二冊 — マーク・トウェイン 西田実訳
- いのちの半ばに — ビアス 西川正身訳
- 新編 悪魔の辞典 — ビアス 西川正身編訳
- ヘンリー・ジェイムズ短篇集 — 大津栄一郎編訳
- 大使たち 全二冊 — ヘンリー・ジェイムズ 青木次生訳
- ワシントン・スクエア — ヘンリー・ジェイムズ 河島弘美訳
- 赤い武功章 他三篇 — クレイン 西田実訳
- シカゴ詩集 — サンドバーグ 安藤一郎訳
- 大地 全四冊 — パール・バック 小野寺健訳
- シスター・キャリー 全二冊 — ドライサー 村山淳彦訳
- 熊 他三篇 — フォークナー 加島祥造訳

- 響きと怒り 全二冊 — フォークナー 平石貴樹 新納卓也訳
- アブサロム、アブサロム! 全二冊 — フォークナー 藤平育子訳
- 八月の光 全二冊 — フォークナー 諏訪部浩一訳
- 楡の木陰の欲望 — オニール 井上宗次訳
- 日はまた昇る — ヘミングウェイ 谷口陸男訳
- ヘミングウェイ短篇集 全二冊 — 谷口陸男編訳
- 怒りのぶどう 全三冊 — スタインベック 大橋健三郎訳
- ブラック・ボーイ —ある幼少期の記録 全二冊 — リチャード・ライト 野崎孝訳
- オー・ヘンリー傑作選 — 大津栄一郎訳
- 小公子 — バアネット 若松賤子訳
- アメリカ名詩選 — 亀井俊介 川本皓嗣編
- 20世紀アメリカ短篇選 全二冊 — 大津栄一郎編訳
- 孤独な娘 — ナサニエル・ウエスト 丸谷才一訳
- 魔法の樽 他十二篇 — マラマッド 阿部公彦訳
- 青白い炎 — ナボコフ 富士川義之訳
- 風と共に去りぬ 全六冊 — マーガレット・ミッチェル 荒このみ訳

《ドイツ文学》〔赤〕

ニーベルンゲンの歌 全二冊　相良守峯訳
若きウェルテルの悩み　ゲーテ　竹山道雄訳
ヴィルヘルム・マイスターの修業時代 全三冊　ゲーテ　山崎章甫訳
イタリア紀行 全三冊　ゲーテ　相良守峯訳
ファウスト 全二冊　ゲーテ　相良守峯訳
ゲーテとの対話 全三冊　エッカーマン　山下肇訳
ヴィルヘルム・テル　シラー　桜井政隆・桜井国隆訳
ヘルダーリン詩集　川村二郎訳
青い花　ノヴァーリス　青山隆夫訳
夜の讃歌・サイスの弟子たち 他一篇　ノヴァーリス　今泉文子訳
完訳 グリム童話集 全五冊　金田鬼一訳
水妖記（ウンディーネ）　フーケー　柴田治三郎訳
O侯爵夫人 他六篇　クライスト　相良守峯訳
影をなくした男　シャミッソー　池内紀訳
ハイネ 歌の本 全二冊　井上正蔵訳
流刑の神々・精霊物語　ハイネ　小沢俊夫訳

冬物語 ―ドイツ―　ハイネ　井汲越次訳
ユーディット 他一篇　ヘッベル　吹田順助訳
芸術と革命 他四篇　ワーグナー　北村義男訳
ブリギッタ・森の泉 他一篇　シュティフター　宇多五郎・高安国世訳
みずうみ 他四篇　シュトルム　関泰祐訳
美しき誘い 他一篇　シュトルム　国松孝二訳
聖ユルゲンにて・後見人カルステン 他一篇　シュトルム　国松孝二訳
村のロメオとユリア　ケラー　草間平作訳
夢小説・闇への逃走 他一篇　シュニッツラー　池内紀・武村知子訳
花・死人に口なし 他七篇　シュニッツラー　番匠谷英一・山本有三訳
リルケ詩集　高安国世訳
ドゥイノの悲歌　リルケ　手塚富雄訳
ブッデンブローク家の人びと 全三冊　トーマス・マン　望月市恵訳
トオマス・マン短篇集　実吉捷郎訳
魔の山 全二冊　トーマス・マン　関泰祐・望月市恵訳
トニオ・クレエゲル　トオマス・マン　実吉捷郎訳
ヴェニスに死す　トオマス・マン　実吉捷郎訳

講演集 ドイツとドイツ人 他五篇　トーマス・マン　青木順三訳
車輪の下　ヘルマン・ヘッセ　実吉捷郎訳
デミアン　ヘルマン・ヘッセ　実吉捷郎訳
シッダルタ　ヘッセ　手塚富雄訳
美しき惑いの年　カロッサ　手塚富雄訳
若き日の変転　カロッサ　斎藤栄治訳
幼年時代　カロッサ　斎藤栄治訳
指導と信従　カロッサ　国松孝二訳
マリー・アントワネット 全二冊　シュテファン・ツワイク　高橋禎二・秋山英夫訳
ジョゼフ・フーシェ ―ある政治的人間の肖像　シュテファン・ツワイク　高橋禎二・秋山英夫訳
変身・断食芸人　カフカ　山下肇・山下萬里訳
審判　カフカ　辻瑆訳
カフカ短篇集　池内紀編訳
カフカ寓話集　池内紀編訳
肝っ玉おっ母とその子どもたち　ブレヒト　岩淵達治訳
天と地との間　オットー・ルートヴィヒ　黒川武敏訳
ほらふき男爵の冒険　ビュルガー編　新井皓士訳

憂愁夫人　ズーデルマン　相良守峯訳
短篇集 死神とのインタヴュー　ノサック　神品芳夫訳
悪童物語　ルウドキヒ・トオマ　実吉捷郎訳
芸術を愛する一修道僧の真情の披瀝　ヴァッケンローダー　江川英一訳
大理石像・デュランデ城悲歌　アイヒェンドルフ　関泰祐訳
改訳 愉しき放浪児　アイヒェンドルフ　関泰祐訳
ホフマンスタール詩集　川村二郎訳
陽気なヴッツ先生 他一篇　ジャン・パウル　岩田行一訳
蜜蜂マアヤ　ボンゼルス　実吉捷郎訳
インド紀行 全二冊　ボンゼルス　実吉捷郎訳
ドイツ名詩選　生野幸吉　檜山哲彦編
蝶の生活　シュナック　岡田朝雄訳
聖なる酔っぱらいの伝説 他四篇　ヨーゼフ・ロート　池内紀訳
ラデツキー行進曲 全二冊　ヨーゼフ・ロート　平田達治訳
暴力批判論 他十篇 —ベンヤミンの仕事1　ヴァルター・ベンヤミン　野村修編訳
ボードレール 他五篇 —ベンヤミンの仕事2　ヴァルター・ベンヤミン　野村修編訳
人生処方詩集　エーリヒ・ケストナー　小松太郎訳

三十歳　インゲボルク・バッハマン　松永美穂訳

《フランス文学》〔赤〕

ラブレー第一之書 ガルガンチュワ物語　渡辺一夫訳
ラブレー第二之書 パンタグリュエル物語　渡辺一夫訳
ラブレー第三之書 パンタグリュエル物語　渡辺一夫訳
ラブレー第四之書 パンタグリュエル物語　渡辺一夫訳
ラブレー第五之書 パンタグリュエル物語　渡辺一夫訳
トリスタン・イズー物語　ベディエ編　佐藤輝夫訳
ピエール・パトラン先生　渡辺一夫訳
日月両世界旅行記　シラノ・ド・ベルジュラック　赤木昭三訳
ロンサール詩集　ロンサール　井上究一郎訳
エセー 全六冊　モンテーニュ　原二郎訳
ラ・ロシュフコー箴言集　二宮フサ訳
ドン・ジュアン —石像の宴　モリエール　鈴木力衛訳
完訳 ペロー童話集　新倉朗子訳
クレーヴの奥方 他二篇　ラファイエット夫人　生島遼一訳
カラクテール —当世風俗誌 全三冊　ラ・ブリュイエール　関根秀雄訳

偽りの告白　マリヴォー　鈴木力衛訳
贋の侍女・愛の勝利　マリヴォー　佐藤実枝　井村順一訳
カンディード 他五篇　ヴォルテール　植田祐次訳
哲学書簡　ヴォルテール　林達夫訳
孤独な散歩者の夢想　ルソー　今野一雄訳
危険な関係 全二冊　ラクロ　伊吹武彦訳
美味礼讃 全二冊　ブリア-サヴァラン　関根秀雄　戸部松実訳
恋愛論 全二冊　スタンダール　杉本圭子訳
赤と黒 全二冊　スタンダール　桑原武夫　生島遼一訳
パルムの僧院 全二冊　スタンダール　生島遼一訳
ヴァニナ・ヴァニニ 他四篇　スタンダール　生島遼一訳
知られざる傑作 他五篇　バルザック　水野亮訳
サラジーヌ 他三篇　バルザック　芳川泰久訳
艶笑滑稽譚 全三冊　バルザック　石井晴一訳
レ・ミゼラブル 全四冊　ユーゴー　豊島与志雄訳
死刑囚最後の日　ユーゴー　豊島与志雄訳
ライン河幻想紀行　ユーゴー　榊原晃三編訳

ノートル＝ダム・ド・パリ 全二冊　ユゴー 辻昶・松下和則訳
エルナニ　ユゴー 稲垣直樹訳
モンテ・クリスト伯 全七冊　アレクサンドル・デュマ 山内義雄訳
三銃士 全二冊　デュマ 生島遼一訳
カルメン　メリメ 杉捷夫訳
メリメ怪奇小説選　杉捷夫編訳
愛の妖精（プチット・ファデット）　ジョルジュ・サンド 宮崎嶺雄訳
ボオドレール 悪の華　鈴木信太郎訳
ボヴァリー夫人 全二冊　フローベール 伊吹武彦訳
感情教育 全二冊　フローベール 生島遼一訳
紋切型辞典　フローベール 小倉孝誠訳
椿姫　デュマ・フィス 吉村正一郎訳
サフォ パリ風俗　ドーデ 朝倉季雄訳
プチ・ショーズ —ある少年の物語　ドーデ 原千代海訳
神々は渇く　アナトール・フランス 大塚幸男訳
ジェルミナール 全三冊　エミール・ゾラ 安士正夫訳
水車小屋攻撃 他七篇　エミール・ゾラ 朝比奈弘治訳

氷島の漁夫　ピエール・ロチ 吉氷清訳
マラルメ詩集　渡辺守章訳
脂肪のかたまり　モーパッサン 高山鉄男訳
ベラミ 全二冊　モーパッサン 杉捷夫訳
モーパッサン短篇選　高山鉄男編訳
地獄の季節　ランボオ 小林秀雄訳
にんじん　ルナアル 岸田国士訳
ぶどう畑のぶどう作り　ルナアル 岸田国士訳
博物誌　ルナール 辻昶訳
ジャン・クリストフ 全四冊　ロマン・ローラン 豊島与志雄訳
ベートーヴェンの生涯　ロマン・ロラン 片山敏彦訳
ミケランジェロの生涯　ロマン・ロラン 高田博厚訳
フランシス・ジャム詩集　手塚伸一訳
三人の乙女たち　フランシス・ジャム 手塚伸一訳
背徳者　アンドレ・ジイド 川口篤訳
贋金つくり 全二冊　アンドレ・ジイド 川口篤訳
続コンゴ紀行 —チャド湖より還る　アンドレ・ジイド 杉捷夫訳

レオナルド・ダ・ヴィンチの方法　ポール・ヴァレリー 山田九朗訳
ムッシュー・テスト　ポール・ヴァレリー 清水徹訳
精神の危機 他十五篇　ポール・ヴァレリー 恒川邦夫訳
若き日の手紙　フィリップ 外山楢夫訳
朝のコント　フィリップ 淀野隆三訳
海の沈黙・星への歩み　ヴェルコール 河野與一・加藤周一訳
恐るべき子供たち　コクトー 鈴木力衛訳
地底旅行　ジュール・ヴェルヌ 朝比奈弘治訳
八十日間世界一周　ジュール・ヴェルヌ 鈴木啓二訳
海底二万里 全二冊　ジュール・ヴェルヌ 朝比奈美知子訳
プロヴァンスの少女（ミレイユ）　ミストラル 杉冨士雄訳
結婚十五の歓び　新倉俊一訳
モーパン嬢 全二冊　テオフィル・ゴーチエ 井村実名子訳
死都ブリュージュ　ローデンバック 窪田般彌訳
シェリ　コレット 工藤庸子訳
生きている過去　レニエ 窪田般彌訳
シュルレアリスム宣言・溶ける魚　アンドレ・ブルトン 巖谷國士訳

ナジャ　アンドレ・ブルトン　巖谷國士訳
不遇なる一天才の手記　ヴォーヴナルグ　関根秀雄訳
ヂェルミニィ・ラセルトゥウ　ゴンクウル兄弟　大西克和訳
ゴンクールの日記　全二冊　斎藤一郎編訳
D・G・ロセッティ作品集　南條竹則　松村伸一編訳
フランス名詩選　安藤元雄　入沢康夫　渋沢孝輔編
繻子の靴　全二冊　ポール・クローデル　渡辺守章訳
A・O・バルナブース全集　全二冊　ヴァレリー・ラルボー　岩崎力訳
自由への道　全六冊　サルトル　海老坂武　澤田直訳
物質的恍惚　ル・クレジオ　豊崎光一訳
悪魔祓い　ル・クレジオ　高山鉄男訳
女中たち　バルコン　ジャン・ジュネ　渡辺守章訳
楽しみと日々　プルースト　岩崎力訳
失われた時を求めて　全十四冊（既刊十冊）　プルースト　吉川一義訳
丘　ジャン・ジオノ　山本省訳
子ども　全二冊　ジュール・ヴァレス　朝比奈弘治訳
シルトの岸辺　ジュリアン・グラック　安藤元雄訳

冗談　ミラン・クンデラ　西永良成訳

《東洋文学》〔赤〕

- 杜甫詩選　黒川洋一編
- 李白詩選　松浦友久編訳
- 蘇東坡詩選　小川環樹・山本和義選訳
- 陶淵明全集　全二冊　松枝茂夫・和田武司訳注
- 唐詩選　全三冊　前野直彬注解
- 玉台新詠集　全三冊　鈴木虎雄訳解
- 完訳 三国志　全八冊　小川環樹・金田純一郎訳
- 金瓶梅　全十冊　小野忍・千田九一訳
- 完訳 水滸伝　全十冊　吉川幸次郎・清水茂訳
- 西遊記　全十冊　中野美代子訳
- 菜根譚　洪自誠・今井宇三郎訳注
- 浮生六記 ―浮生夢のごとし　沈復・松枝茂夫訳
- 野草　魯迅・竹内好訳
- 阿Q正伝・狂人日記(吶喊) 他十二篇　魯迅・竹内好訳
- 寒い夜　巴金・立間祥介訳
- 駱駝祥子 ―らくだのシアンツ　老舎・立間祥介訳
- 新編 中国名詩選　全三冊　川合康三編訳
- 聊斎志異　全二冊　蒲松齢・立間祥介編訳
- 李商隠詩選　川合康三選訳
- 柳宗元詩選　下定雅弘編訳
- 白楽天詩選　全二冊　川合康三訳注
- タゴール詩集 (ギーターンジャリ)　タゴール・渡辺照宏訳
- マハーバーラタ ナラ王物語 ―ダマヤンティー姫の数奇な生涯　鎧淳訳
- バガヴァッド・ギーター　上村勝彦訳
- 朝鮮民謡選　金素雲訳編
- 朝鮮短篇小説選　全二冊　大村益夫・長璋吉・三枝壽勝編訳
- 尹東柱詩集 空と風と星と詩　金時鐘編訳
- アイヌ神謡集　知里幸惠編訳
- アイヌ民譚集 付 えぞおばけ列伝　知里真志保編訳
- サキャ格言集　今枝由郎訳

《ギリシア・ラテン文学》〔赤〕

- ホメロス イリアス　全二冊　松平千秋訳
- ホメロス オデュッセイア　全二冊　松平千秋訳
- イソップ寓話集　中務哲郎訳
- アンティゴネー　ソポクレース・中務哲郎訳
- ソポクレス オイディプス王　藤沢令夫訳
- ヒッポリュトス ―パイドラーの恋　エウリーピデース・松平千秋訳
- バッカイ ―バッコスに憑かれた女たち　エウリーピデース・逸身喜一郎訳
- ヘシオドス 神統記　廣川洋一訳
- アリストパネース 蜂　高津春繁訳
- アポロドーロス ギリシア神話　高津春繁訳
- 黄金の驢馬　アープレーイユス・呉茂一・国原吉之助訳
- アベラールとエロイーズ 愛の往復書簡　沓掛良彦・横山安由美訳
- オウィディウス 変身物語　全二冊　中村善也訳
- 恋愛指南 ―アルス・アマトリア　オウィディウス・沓掛良彦訳
- ギリシア奇談集　アイリアノス・松平千秋・中務哲郎訳
- ギリシア・ローマ神話 付インド・北欧神話　ブルフィンチ・野上弥生子訳
- ギリシア・ローマ名言集　柳沼重剛編
- ローマ諷刺詩集　ペルシウス・ユウェナーリス・国原吉之助訳
- 内乱 ―パルサリア　全二冊　ルーカーヌス・大西英文訳

《南北ヨーロッパ他文学》(赤)

ダンテ 神曲 全三冊 山川丙三郎訳
ダンテ 新生 山川丙三郎訳
抜目のない未亡人 ゴルドーニ 平川祐弘訳
珈琲店・恋人たち ゴルドーニ 平川祐弘訳
夢のなかの夢 タブッキ 和田忠彦訳
ルネッサンス巷談集 フランコ・サケッティ 杉浦明平訳
カルヴィーノ イタリア民話集 全二冊 河島英昭編訳
むずかしい愛 カルヴィーノ 和田忠彦訳
パロマー カルヴィーノ 和田忠彦訳
カルヴィーノ アメリカ講義 —新たな千年紀のための六つのメモ 米川良夫・和田忠彦訳
愛神の戯れ —牧歌劇『アミンタ』 トルクァート・タッソ 鷲平京子訳
タッソ エルサレム解放 A・ジュリアーニ編 鷲平京子訳
わが秘密 ペトラルカ 近藤恒一訳
ペトラルカ 無知について 近藤恒一訳
無関心な人びと 全二冊 モラーヴィア 河島英昭訳
流刑 パヴェーゼ 河島英昭訳

祭の夜 パヴェーゼ 河島英昭訳
月と篝火 パヴェーゼ 河島英昭訳
シチリアでの会話 ヴィットリーニ 鷲平京子訳
休戦 プリーモ・レーヴィ 竹山博英訳
ウンベルト・エーコ 小説の森散策 和田忠彦訳
タタール人の砂漠 ブッツァーティ 脇功訳
七人の使者・神を見た犬 他十三篇 ブッツァーティ 脇功訳
キリストはエボリで止まった カルロ・レーヴィ 竹山博英訳
ラサリーリョ・デ・トルメスの生涯 会田由訳
ドン・キホーテ 前篇 全三冊 セルバンテス 牛島信明訳
ドン・キホーテ 後篇 全三冊 セルバンテス 牛島信明訳
セルバンテス短篇集 牛島信明編訳
ドン・フワン・テノーリオ ホセ・ソリーリャ 高橋正武訳
葦と泥 付 バレンシア物語 ブラスコ・イバニェス 高橋正武訳
人の世は夢・サラメアの村長 カルデロン 高橋正武訳
恐ろしき媒 ホセ・エチェガライ 永田寛定訳
作り上げた利害 ベナベンテ 永田寛定訳

エスピノーサ スペイン民話集 三原幸久編訳
エル・シードの歌 長南実訳
プラテーロとわたし J・R・ヒメーネス 長南実訳
オルメードの騎士 ロペ・デ・ベガ 長南実訳
父の死に寄せる詩 ホルヘ・マンリーケ 佐竹謙一訳
サラマンカの学生 他六篇 エスプロンセーダ 佐竹謙一訳
セビーリャの色事師と石の招客 他一篇 ティルソ・デ・モリーナ 佐竹謙一訳
ティラン・ロ・ブラン 全四冊 J・マルトゥレイ M・J・ダ・ガルバ 田澤耕訳
完訳 アンデルセン童話集 全七冊 大畑末吉訳
即興詩人 全二冊 アンデルセン 大畑末吉訳
絵のない絵本 アンデルセン 大畑末吉訳
ヴィクトリア クヌート・ハムスン 冨原眞弓訳
フィンランド叙事詩 カレワラ 全二冊 リョンロット編 小泉保訳
イプセン 人形の家 原千代海訳
イプセン ヘッダ・ガーブレル 原千代海訳
ポルトガリヤの皇帝さん ラーゲルレーヴ イシガオサム訳
スイスのロビンソン 全二冊 ウィース 宇多五郎訳

クオ・ワディス 全三冊　シェンキェーヴィチ　木村彰一訳
おばあさん　ニェムツォヴァー　栗栖継訳
兵士シュヴェイクの冒険 全四冊　ハシェク　栗栖継訳
山椒魚戦争　カレル・チャペック　栗栖継訳
ロボット（R・U・R）　チャペック　千野栄一訳
絞首台からのレポート　ユリウス・フチーク　栗栖継訳
尼僧ヨアンナ　イヴァシュキェヴィッチ　関口時正訳
灰とダイヤモンド 全二冊　アンジェイェフスキ　川上洸訳
牛乳屋テヴィエ　ショレム・アレイヘム　西成彦訳
冗談　ミラン・クンデラ　西永良成訳
小説の技法　ミラン・クンデラ　西永良成訳
ルバイヤート　オマル・ハイヤーム　小川亮作訳
中世騎士物語　ブルフィンチ　野上弥生子訳
王書 ―古代ペルシャの神話・伝説　フェルドウスィー　岡田恵美子訳
コルタサル短篇集 悪魔の涎・追い求める男 他八篇　木村榮一訳
遊戯の終わり　コルタサル　木村榮一訳
ペドロ・パラモ　ファン・ルルフォ　杉山晃・増田義郎訳

伝奇集　J・L・ボルヘス　鼓直訳
創造者　J・L・ボルヘス　鼓直訳
続審問　J・L・ボルヘス　中村健二訳
七つの夜　J・L・ボルヘス　野谷文昭訳
詩という仕事について　J・L・ボルヘス　鼓直訳
汚辱の世界史　J・L・ボルヘス　中村健二訳
ブロディーの報告書　J・L・ボルヘス　鼓直訳
アレフ　J・L・ボルヘス　鼓直訳
グアテマラ伝説集　M・A・アストゥリアス　牛島信明訳
緑の家 全二冊　バルガス＝リョサ　木村榮一訳
密林の語り部　バルガス＝リョサ　西村英一郎訳
弓と竪琴　オクタビオ・パス　牛島信明訳
失われた足跡　カルペンティエル　牛島信明訳
やし酒飲み　エイモス・チュツオーラ　土屋哲訳
薬草まじない　エイモス・チュツオーラ　土屋哲訳
ジャンプ 他十一篇　ナディン・ゴーディマ　柳沢由実子訳
マイケル・K　J・M・クッツェー　くぼたのぞみ訳

岩波文庫の最新刊

川合康三、富永一登、釜谷武志
和田英信、浅見洋二、緑川英樹訳注

文　選　詩篇(一)

中国文学の長い伝統の中心に屹立する詞華集『文選《もんぜん》』。先秦から梁に至る文学の精華は、中国文学の根幹をなす。その全詩篇を深く読みこんだ画期的訳註。(全六冊)〔赤四五―一〕**本体一〇二〇円**

浜田雄介編

江戸川乱歩作品集 II　陰獣・黒蜥蜴 他

推理、謎解きを追究した乱歩の代表作五篇。日本探偵小説の名作「陰獣」。女賊と明智探偵の対決を描いた「黒蜥蜴」の他、「一枚の切符」「何者」「断崖」を収録。〔緑一八一―五〕**本体一〇〇〇円**

西成彦編訳

世界イディッシュ短篇選

東欧系ユダヤ人の日常言語「イディッシュ」を創作言語として選び取った作家たちが、生まれ故郷を離れて世界各地で書き残した十三の短篇。ディアスポラの文学。〔赤N七七一―一〕**本体九二〇円**

ハーバーマス／山田正行、金慧訳

後期資本主義における正統化の問題

政治・行政システムが経済危機に対処不能となり、大衆の忠誠を維持できなくなる「正統化の危機」。現代特有の構造的な病理を理論的に分析した一九七三年の著作。〔青N六〇一―一〕**本体九七〇円**

今月の重版再開

リカードウ／羽鳥卓也、吉澤芳樹訳

経済学および課税の原理(上)(下)

〔白一〇九―一〕〔白一〇九―二〕**本体各九〇〇円**

ボオマルシェエ／辰野隆訳

フィガロの結婚

〔赤五二一―一〕**本体七二〇円**

小金井喜美子

森鷗外の系族

〔緑一六一―二〕**本体九五〇円**